줄리언

■ 이 도서의 국립중앙도서관 출판시도서목록(CIP)은
서지정보유통지원시스템 홈페이지(http://seoji.nl.go.kr)와
국가자료공동목록시스템(http://www.nl.go.kr/kolisnet)에서 이용하실 수 있습니다.
(CIP제어번호: CIP2014006100)

줄리언

너새니얼 호손 · 폴 오스터

장현동 옮김

마음산책

옮긴이 **장현동**

서울대학교 독어교육과를 졸업했다. 1994년 〈작가세계〉 평론 부문 신인
상을 받으며 등단했고, 이후 한국 현대시를 중심으로 문학평론을 발표했
다. 게티이미지Getty Images의 참여 사진작가official contributor이기도 하다.
옮긴 책으로 제임스 앨런 맥퍼슨의 『행동반경』이 있다.

줄리언

1판 1쇄 인쇄 2014년 3월 5일
1판 1쇄 발행 2014년 3월 10일

지은이 | 너새니얼 호손 · 폴 오스터
옮긴이 | 장현동
펴낸이 | 정은숙
펴낸곳 | 마음산책

편집 | 이승학 · 신영희 · 정인혜 · 박지영   디자인 | 이수연 · 이혜진
마케팅 | 권혁준 · 곽민혜   경영지원 | 이현경

등록 | 2000년 7월 28일(제13-653호)
주소 | 서울시 마포구 서교동 395-114 (우 121-840)
전화 | 대표 362-1452 편집 362-1451   팩스 | 362-1455
홈페이지 | http://www.maumsan.com
블로그 | maumsanchaek.blog.me
트위터 | http://twitter.com/maumsanchaek
페이스북 | http://www.facebook.com/maumsanchaek
전자우편 | maum@maumsan.com

ISBN 978-89-6090-182-7 03840

* 책값은 뒤표지에 있습니다.

할 수만 있다면
줄리언이 말한 모든 것을
다 기록하고 싶다.

—너새니얼 호손

아이들은 항상 변하며, 늘 움직이기 때문에
'알지도 못하는 사이에' 그들의 본질을 알게 된다.
그 순간은 의식적으로 찾으려고 하지 않을 때 찾아온다.

—폴 오스터

차례

줄리언
— 너새니얼 호손

아침 일곱 시, 아내가 줄리언과 나를 붉은 농장에 남겨 두고 처형 엘리자베스와 첫째 우나, 막내 로즈버드와 함께 집을 떠났다. 이 모습을 보고 우리 애늙은이가 하는 말.

"아빠, 애기가 가니까 좋지 않아?"

내가 동조할 거라고 믿는 줄리언의 자신감에 좀 어이가 없었다.

"왜 좋은데?"

"왜냐면 이젠 내 마음대로 소리를 꽥꽥 지를 수 있으니까!"

줄리언은 숨을 잔뜩 들이마시고는 반 시간 동안 고막이 찢어져라 마음껏 소리를 질러댔다. 그러고 나서 빈 상자를 두드리며 야단법석을 떨었다. 그렇게 오전 나절을 보내다가 갑자기 멍해지더니 굉장히 심각해졌다. 무슨 생각을 하느냐고 묻자, "응, 엄마가 떠난 거. 난 엄마랑 떨어지는 거 싫어"라고 하더니 엄마를 따라가겠다며 말을 타고 달려

가는 시늉을 했다. 또 우나 누나도 좋다며 누나가 자신을 괴롭히지 않았다고 분명히 말했다.

오전 목욕을 어떻게 시키는지, 이런 식의 계획적인 활동을 어떻게 해야 하는지 난 거의 아는 게 없었다. 줄리언은 끊임없이 이것저것 해달라고 조르며 (낮 동안에는) 내가 글을 쓸 수도 읽을 수도 생각할 수도, 심지어 잠을 잘 수도 없게 여러 가지 방식으로 까불었다. 하지만 참 상냥하고 애교가 많은 아이라, 성가시긴 해도 정말이지 재미가 있었다.

오후에 호수로 산책을 나가서 물수제비 놀이를 하다가 구름이 몰려오는 바람에 집으로 향했다. 돌아오는 길에 숲 속에서 소나기를 만났다. 그래서 우리는 다 썩어가는 통나무에 앉았는데, 나무 위로 쉴 새 없이 빗방울이 떨어졌다. 줄리언은 소나기를 좋아했고, 날씨를 예측할 수 있는 여러 가지 징조를 알려주었다. 나는 잠자코 들었다. 줄리언은 자기 나름의 지혜가 담긴 훌륭한 의견을 펼쳤고, 아빠인 나와는 비교가 안 될 정도로 자신이 더 사려 깊고 경험이 풍부하다고 생각하는 눈치였다. 종일 비가 와서 이후로는 밖으로 데리고 나갈 생각을 하지 않았다.

집 안에서 노는 친구로 토끼가 한 마리 있었다. 녀석은 그다지 재미있는 친구가 아니었고, 오히려 나를 더 신경 쓰이게 했다. 대단한 장점을(만약 장점이 있다면 말이다.) 끌어내리려면 원래 두 마리가 있어야 했다. 분명한 건, 토끼란 녀석은 하느님의 창조물 가운데 내세울 특징도 두드러진 개성도 없는 존재라는 거다. 움직임도 없이 물고기마냥 조용하고 활발하지도 않다. 반쯤은 조는 상태로 토끼풀이나 상추, 질경이, 명아주, 빵 부스러기 같은 걸 뜯어 먹으며 생활하는 놈이다. 아주 가끔은 까불고 싶다는 충동이 이는 듯 구는데, 아무래도 장난치는 게 아니라 불안해서 그러는 것 같다. 토끼에게는 묘한 표정이 하나 있다. 누군가에게서 본 표정과 비슷한데 누군지는 잊어버렸다. 언뜻 봐서는 당당하고 도도해 보여도 자세히 들여다보면 우스꽝스럽게 맹해 보인다. 줄리언은 이제 토끼에 별 관심이 없어져서 토끼에게 줄 잎사귀를 모으는 일도 나에게 맡겨버렸다. 이 불쌍한 녀석은 굶어 죽을지도 모른다. 몰래 녀석을 죽이고 싶다는 악마 같은 유혹을 느낀다. 피터스 부인이 녀석을 익사시켰으면 하고 바라게 된다.

줄리언은 오늘 내가 나무를 깎으라고 준, 다행히 무뎌질 대로 무뎌져 괭이라고 해도 될 것 같은 잭나이프로 근사한 소일거리를 찾았다. 자기 딴에 보트라고 부르는 것을 만들고는, 엄마와 자기, 우나 누나, 아빠에게 이쑤시개를 만들어 줄 요량이었다고 떠벌렸다. 줄리언은 방 바닥을 온통 나뭇조각으로 여러 번 어지르면서, 자기 손가락 한두 개와 맞바꿨을 수도 있을 놀이에 지칠 줄 모르고 빠져 있었다.

저녁 여섯 시 반쯤에 줄리언을 재운 다음 나는 우체국까지 걸어가 만 부인이 아내 피비에게 보낸 편지를 찾아왔다. 소나기를 뚫고 한걸음에 집으로 돌아오니 여덟 시쯤이었다. 먹을 거라곤 반쯤 구워진 맛없는 빵밖에 없어서 저녁도 거르고 잠자리에 들었다.

여섯 시에 일어났다. 시원한 산들바람이 부는 아침, 우리 동네의 경계를 짓는 언덕 위로 뭉게구름이 낮게 드리웠고 그 사이로 희미하게 햇살이 비쳤다. 샤워를 한 다음 줄리언을 불렀다. 줄리언은 가끔 내가 샤워를 끝내지도 않았는데도 먼저 일어나서 나를 찾았다. 우리는 함께 우유를 가지러 갔는데, 줄리언은 길을 따라 걸으며 건강하다는 것을 증명이라도 하듯 까불고 깡충깡충 뛰어다녔다. 아침 식사 후에 곧바로 줄리언은 다시 잭나이프를 달라고 하더니 계속 이쑤시개를 만들었다. 아침 이슬이 걷혀 외양간에 들렀다가 정원으로 갔다. 열 시 반까지, 하루 중 가장 좋은 시간대인 오전 나절을 소일하며 보냈다.

그 뒤 줄리언은 동생이 없어서 마음껏 소란을 피울 수 있다는 사실에 기뻐하며 방망이와 공을 들고 방에서 야단법석을 떨며 놀았다. 그렇게 자유를 만끽했기에 나는 줄리언이 아무리 소란을 피워도 제지하지 않기로 했다.

그리고 우리는 토끼를 밖으로 데려가 풀밭에 놓아주었다. 녀석은 야외에 나온 혜택을 실컷 누리는 것 같았다. 가장 흥미로운 특징은 토끼가 자연에 두려움을 품고 있다는 것이다. 사시나무같이 떨면서 계속 움직인다. 아주 작은 소리에도 놀라는 걸 보면, 귀의 움직임으로 녀석의 감정 상태를 알아차릴 수 있을 것 같다. 녀석은 움직이며 자기 우리로 갔다가 잠시 앞을 살펴보더니 풀이며 잡초를 먹기 시작한다. 그러다가 또다시 깜짝 놀라고, 재빨리 안심한다. 가끔은 아무 이유 없이 아주 민첩하게 좀 뛰다가 한바탕 바람이 불면 마른 나뭇잎처럼 날아가기도 한다. 하지만 이런 두려움이 그리 고통스러우리라고는 생각하지 않는다. 마치 먹은 음식마다 피컨트 소스가 가미되어 있듯이, 두려움과 뒤섞여서 사는 것이 녀석의 천성이다. 오히려 우둔하고 굼뜬 토끼를 위험으로부터 살려주는 셈이다. 녀석은 햇빛이 비치고 넓고 탁 트인 곳에 나가는 것을 불편해하는 것 같다. 본능적으로 그늘 속, 말하자면 덤불숲 그늘, 아니면 줄리언이나 내 그림자를 찾는다. 넓은 마당에 놓인 녀석은 자신이 대단히 위험한 상황에 빠진 저명인사라도 된 양 줄리언의 무릎으로 파고들 기회만 엿보았다. 드디어 오늘 북서쪽에서 불어오던 바람이 서늘해졌다. 특히 물기를 잔뜩 머금은 구름 떼가 해를 가려 아주 추웠다. 그래서 우리 셋 다 집 안으로 들어왔다. 정말이지 너무 끔찍한 기후다. 단 십 분 만에 아주 추웠다가 아주 더울 수는 없다. 항상 이것이 아니면 저것이다. 그리고 늘 변하지 않는 결과는 질서의 무참한 교란이다. 싫다! 싫어!! 정말 싫다!!! 진심으로 버크셔가 싫고 산들이 아주 닳아 없어지면 기쁘겠다. 루터와 반스 노인도 날씨가 정상이 아니라고 했다. 그렇더라도 구릉지대에서는 여름날 불안정한 대기 상태가 당연하니 그러리라 생각할 만하다. 좌우간 건강을 되찾으려고 온 이곳에서, 고난 없이는 변화무쌍한 대자연을 직면할 수 없다는 것을 처음으로 깨닫고 기록한다.

줄리언은 집 안으로 들어와 또다시 그 대단한 잭나이프에 빠져들었다. 자기가 부르는 식대로라면 '다듬고 날카롭게 하기'를 하고 망치질까지 하더니 혼잣말로 자신의 계획과 할 일을 말하며 아주 만족해했다.

저녁 식사(나는 구운 양고기, 줄리언은 밥)를 마치고 우리는 호숫가로 산책을 갔다. 가는 길에 엉겅퀴를 머리 여럿 달린 용과 히드라로 여기면서 전쟁놀이를 했고, 뮤레인을 거인으로 변신시켜 놀았다. 그 거인이 완강히 저항해서 접전 중에 내 몽둥이가 부러졌다. 부러진 몽둥이를 줄리언이 가진 것과 비슷한 길이로 잘라서 줄리언에게 주었다. 그러자 줄리언은 아빠 것이 없어지게 되었다고 애석해하면서도 자기 것이 생겼다며 묘한 기쁨을 표현했다. 호수에 도착해서 줄리언은 낚시에 쓸 지렁이를 잡으려고 집요하게 땅을 팠지만 아무것도 찾지 못했다. 그런 다음 우리는 물이 첨벙거리는 모양을 보고 싶어서 무수히 많은 돌멩이를 물속에 던졌다. 또 신문지로 보트를 만들어서 출항시켰다. 그러고는 배가 호수 멀리 희미하게 사라지는 모습을 오래도록 지켜보았다. 밝고 따뜻하고 부드러운 햇살과 싸한 공기가 어우러져 가을 정취가 풍기는 아주 아름다운 오후였다. 햇살 아래에 앉아 편안하기 그지없었지만, 그늘이 지는 모습을 보니 돌아가야 할 것 같았다. 하늘에서 느릿느릿 움직이는 묵직한 구름 떼가 햇살 가득한 언덕에 검은 그림자를 드리웠다. 그렇게 낮의 뜨거움과 시원함은 눈에 띌 정도로 극명하게 대조를 이루었다. 안개가 짙은 구름 안으로 빨려갔는지 공기는 맑고 투명했다. 멀리 있는 물체가 아주 또렷하게 보였고, 자주 그렇듯이, 검푸른 빛이 나는 철광석 언덕도 땅의 기복이 도드라져 보였다. 북서쪽에서 바람이 불어 잔물결이 이는 호수를 태양이 가로지르며 부드럽게 미소 지었다.

집으로 돌아오는 길에 우리는 엉겅퀴와의 전쟁을 대비해 재정비했다. 엉겅퀴는 전투에서 심하게 부상을 입었다. 줄리언은 모든 전투력을 불살라 있는 힘껏 가격했다. 집에 돌아오자마자 줄리언은 잭나이프를 달라고 하더니 그걸로 만든 자기의 솜씨를 봐달라고 졸라댔다. 잭나이프를 만든 이여, 축복이 있으리라.

우리는 다시 밖으로 나가 까치밥나무 열매를 주웠다. 아이는 온갖 손짓 발짓을 해가며 쉴 새 없이 떠들었고, 내가 기억할 수 없는, 또 내가 알아듣지 못해 기록할 수조차 없는 이상한 말들을 간혹 내뱉었다. 까치밥나무 열매를 주우면서 아이는 다른 것은 놔두고 무지개에 대해 몇 가지 추측을 하며, 왜 무지개를 '해지개' 아니면 '해 무지개'라고 하지 않느냐고 물어보았다. 그리고 무지개의 줄이 거미줄로 이루어졌을 거라고 했다. 아마도 무지개를 자세히 볼 수 없기 때문일 것이다. 조금 지나서 아이가 제법 강약과 음조를 살려 시 구절을 외우는 소리가 들렸다. 아이는 화를 내거나 기가 죽는 법 없이 행복해한다. 혼자서도 잘 노는데, 내가 동조를 하거나 같이 놀아주면 거의 폭발할 듯이 웃으며 좋아한다.

꼬맹이 마셜 버틀러가 '그 새'가 왔는지 궁금해서 찾아왔다. 나는 새가 올 때까지 매일같이 이런 방문을 받게 될까 봐 두려웠다. 손해를 보더라도 진짜 앵무새를 한 마리 줄까 싶다. 이 밉살스러운 장난꾸러기의 존재보다 더한 고통은 거의 받아본 적이 없다. 줄리언은 마치 마셜이 없는 것처럼 아무런 신경을 쓰지 않았다. 오히려 내가 부러워마지 않는 침착함을 보이면서 하던 일과 하던 말을 계속 이어나갔다. 줄리언은 완전히 마셜을 무시하고 있었다. 이런 일을 줄리언보다 더 잘하기는커녕 그 반이라도 따라갈 사람은 이 세상에 없을 것이다. 마셜은 방을 휘둘러보면서 장난감을 뒤적거리다가 자리를 떴다.

내가 줄리언을 침대에 눕혔을 때 시계는 저녁 일곱 시를 향하고 있었다. 주저 없이 이렇게 말할 수 있다. 이 녀석에게서 벗어날 수만 있다면 얼마나 좋을까? 오늘 처음으로 아이의 세상에서 해방된 기분을 느낀다. 이보다 좋은 일은 없을 테지.

여덟 시쯤 태편 부인이 들어와서 신문 세 부와 『펜데니스』 1권을 주고 갔다. 매우 기분이 좋아 보였다. 열 시까지 신문을 읽다가 잠자리에 들었다.

일곱 시가 되기 전에 일어났다. 차갑고 음산한 아침에 남동쪽에서 바람이 불어오는 걸로 보아 비가 올 것 같았다. 줄리언이 어슬렁거리다가 바닥에 누웠다가 하는 모습이 조금은 날씨 탓 같다. 폭풍우가 길지 않기를 바란다.

일기가 좋지 않아 오전 산책을 하지 않고 빈둥거리며 외양간과 정원을 돌아다녔다. 토끼는 꽤 친숙해져서 우리가 방에 들어가면 우리를 보려고 깡충깡충 뛰고 뭐라도 해주는가 싶어 뒷다리로 선다. 줄리언은 '봄'이라고 붙였던 토끼 이름을 '뒷다리'로 바꾸었다. 토끼가 제집인 양 편안하게 행동하는 모습을 보면, 이 어린 동물에게 애착을 느끼지 않을 수 없다. 그래도 녀석에게 먹을 것을 찾아다 주는 일은 귀찮다. 거의 쉴 새 없이 먹어대려는 녀석은 풀이나 잎사귀가 완전히 신선하지 않으면 먹지 않는다. 빵을 조금씩 우물거리더니 곧 관둬버린다. 나는 태편 씨 밭에서 나온 푸른 귀리를 몇 개 주었다. 녀석은 먹을 수 있겠다고 여기는 것 중에 줄리언의 신발을 가장 좋아하는데 기회만 있으면 마음껏 그 맛을 즐긴다.

오후 네 시가 되자 나는 줄리언에게 옷을 입혀서 마을로 나갔다. 줄리언은 염소 새끼처럼 까불며 뛰어다녔고 천국의 아이마냥 꽃을 모았다. 꽃은 줄리언의 눈에만 예뻐보였지 별로 예쁘지 않았다. 그럼에도 줄리언은 세상에서 가장 사랑스러운 꽃이라고 생각했다. 우리는 여자 서너 명이 타고 가는 마차와 마주쳤는데, 아가씨들이 줄리언의 매력에 홀딱 반했다. 정말이지 줄리언은 누군가 페티코트만 걸쳤다 하면 마음을 빼앗지 않고는 그냥 보내주는 법이 없다. 꼬마 신사 안에 이렇게 멋진 마술이 숨어 있다니 정말 신기하다.

우체국에 도착했더니 피비가 보낸 편지는 물론이고 나한테 온 우편물이 아예 없었다. 전혀 그럴 가능성을 생각지 못했기에 몹시 실망스러웠다. 태펀 씨 앞으로 온 편지와 서류만 있었다. 나는 며칠 전에 파이크 씨에게 썼다가 부치지 못한 편지와 오늘 피비에게 쓴 짧은 편지를 부쳤다. 그리고 곧바로 집으로 돌아왔다. 언덕길을 올라 버치 씨네 옆을 지날 때 우리 집에 트럼프 카드를 두고 간 제임스 씨와 그의 아내, 딸이 마차를 타고 가는 것을 보았다. 여기서 유쾌하고 친밀한 이야기가 오갔다. 제임스 씨는 진정으로 훌륭한 사람이고, 그 아내는 소박하고 착하며 다정하고 친절한 마음씨를 지녔다. 딸도 멋진 아가씨다. 그렇지만 제임스 씨를 지루하다고 여긴 줄리언은 그의 얘기를 전혀 좋아하지 않았다. 사실 이 불쌍한 개구쟁이는 서 있느라 피곤해 죽을 지경이었다. 제임스 씨는 『일곱 박공의 집』과 『두 번 들은 이야기』에 대한 얘기를 꺼냈고 대화는 영문학 전반으로 번졌다.

집에 도착하니 줄리언의 저녁 식사가 준비되어 있었다. 줄리언은 식사를 마치고, 여섯 시 반이 되어 잠자리에 들었다.

저녁 시간 동안 『펜데니스』를 읽고, 에그노그로 하루를 마무리했다.

여섯 시, 나는 잠에서 깨어나 침대 끝에서 웃음을 잔뜩 머금은 눈으로 곁눈질을 하는 줄리언을 보았다. 그렇게 우리는 일어났다. 아이를 먼저 씻긴 다음 나도 씻었다. 그러고는 줄리언에게 머리를 말자고 제안했다. 똑같은 일을 시도한 적이 있다고 적는 걸 깜빡했다. 이틀 전 아침에 줄리언의 머리를 엉망으로 만들어놓았다. 솔직히 엄청난 실패였기 때문에 똑같은 짓을 반복할 기미가 보이자 아이는 박장대소했다. 하지만 나는 고집을 피워 곱슬곱슬해질 때까지 머리칼을 막대에 돌돌 말아 돌렸다. 그러는 동안 아이는 내내 아프다면서, 또 재미있다면서 소리를 치며 웃었다. 아이는 엄마가 어떻게 했는지 설명하려고 애썼다. 하지만 무슨 말인지 알아들을 수가 없었고 일만 더 꼬이게 만들었다. 그래도 이제 머리가 마르니 예상했던 것만큼 심각하지는 않다.

가발 놀이를 마치고, 우리는 우유를 구하러 나갔다. 오

줄리언

늘도 구름이 서쪽 언덕의 산마루에 길게 드리워져 마치 젖은 스펀지처럼 물기를 잔뜩 머금었다. 어두침침하고 스산한 날이었다. 숲이 우거진 구릉 중턱은 어둡고 음침하고 적막했다. 모뉴먼트 산도 뒤편에 구름을 업고 있었다. 하지만 태양이 산의 능선을 따라 비추어 생기를 불어넣어 주었다. 한 폭의 그림이라고 할 풍경 가운데에 햇빛이 생기발랄한 심장처럼 빛나고 있었다. 다른 구릉지 숲과는 대조를 이룬 그 숲은 마치 등불을 켜놓은 듯했다. 환하게 밝혀진 궤적은 햇빛을 두 배로 받는 것 같았고, 호밀 밭은 그 아래에서 노란빛을 발해 풍경 전체를 환하게 비추었다. 같이 걸어갈 때, 우리 작은 꼬마가 빵 케이크를 우적우적 먹으며 풀 위에 있는 '이슬' 이야기를 했다. 요정들이 작은 주전자를 기울여 풀과 꽃에 물을 부었다는 것이다. 그러고는 어느 쪽 길이 가장 예쁜지 이야기해달라며 성가시게 했다. 마치 개울물이 끊임없이 흐르는 것처럼 내 옆에서 아이가 계속 조잘대는 사이 우리는 루터의 집에 도착했다. 늙은 아트로포스 여신이 엄숙하게 미소를 지으며 들통을 들어 올려 우유 2리터를 선사했다.

햇빛이 뜸하게 비쳐 날씨가 쌀쌀하고 이슬도 채 마르지 않아서 오전에는 대부분 집 안에 있었다. 말 많은 노신사는 여느 때처럼 셀 수 없이 질문을 해댔고, 자신의 심심풀이 대상 전부를 두고 시시콜콜 끊임없이 의견을 요구했다.

저녁을 먹은 다음 호수로 산책을 갔다. 제방 근처로 갔을 때, 제방 변과 조금 떨어진 곳에서 배를 한 척 보았다. 물가로 다가오는 다른 배 한 척과 잠시 후에 땅으로 내려오는 선원들도 보았다. 모두 세 명이었는데 어슬렁거리며 나에게 어디에서 마실 물을 얻는지 물어보았다. 그런 다음 육지를 거닐며 여기가 어떤 곳인지 살폈다. 낯선 땅에 첫발을 내딛는 여행자의 습관처럼 보였다. 줄리언은 대단히 관심을 보이면서 그들의 배로 다가갔다. 배 안에서 물고기를 몇 마리 발견하고 감탄사를 연발했다. 사실 그 물고기는 도미와 대구 따위에 불과했다. 작은 신사는 나와 함께 배 안으로 들어가 항해하고 싶다고 했다. 아이를 그곳에서 떼어내기가 아주 어렵게 되었다. 그래서 나는 대신 널빤지로 소형 보트를 한 척 만들어 물에 띄워서 서쪽으로 보냈다. 오늘은 바람이 동쪽에서 불어왔다. 호숫가를 따라 구불구불한 길을 걸었고, 아이는 깔고 앉아 있던 이끼 덩어리를 호수에 던지며 섬(둥둥 떠 있는 초록색 섬)이라고 일컫더니 그 섬에 나무와 농장, 사람 들이 있다고 말했다. 그건 그렇고, 아이가 싫다고 했지만 나는 집으로 가자고 했다.

아이는 나무 막대를 하나 집어 엉겅퀴(우리가 히드라, 키마이라, 공룡, 고르곤이라고 생각한 괴물들)와의 오래된 전쟁을 다시 시작했다. 집에 가는 길 내내 전쟁놀이를 했다. 네 시 이십 분이 된 지금까지 이렇게 하루가 지나갔다.

서서히 황금색으로 변하며 대초원이 추수되는 과정을 보며, 나는 순수하고 진했던 신록을 간직한 초여름의 풍경이 변해가며 고통을 받는다고 생각했다. 하지만 이제는 그 변화를 개선이라고 여긴다. 숲의 진한 초록색과 군데군데 거의 갈색으로 변한 연초록색 밭의 대비는 정말이지 구릉 중턱에 그림 같은 풍경을 자아냈다.

저녁을 먹기 전에, 다음 작품에 참고하려고 빌리려 했던 푸리에의 작품 두세 권을 태펀 부인이 들고 왔다. 부인은 내일 줄리언이 건너와서 엘렌을 봤으면 한다고 했다. 나도 찬성했고 아이도 은근히 기대하며 즐거워하는 것 같았다. 아이는 저녁을 먹자마자 바로 잠자리에 들었다. 피터스 부인은 남편이 몸이 좋지 않은지(아마 과음을 했을 것이다.) 오늘 밤에는 집으로 돌아갔다가 내일 아침에 오기로 했다. 이제 줄리언은 침대에 누워 있다. 나는 까치밥나무 열매를 주워 까놓은 다음, 풀이라면 마다하지 않는 토끼가 가장 좋아하는 상추를 저녁으로 주었다. 토끼는 오늘 박하 이

파리를 아주 즐겨 먹었다. 내가 문을 열 때마다 자기한테 줄 것이 있나, 뭔지 찾아내려고 킁킁대며 냄새를 맡고, 변함없이 깡충거리며 다가오는 모습에 미소 짓게 된다. 엄청나게 먹어대는 토끼라서 여기 처음 왔을 때보다 덩치가 상당히 커진 것 같다. 토끼가 품고 있는 이 미스터리가(말 없는 피조물이라 아무런 의사소통 수단이 없다.) 더 흥미를 끈다. 태생적으로 소심한 두려움으로 가득 찬 존재지만, 그렇지 않은 모습을 볼 때 줄리언과 나는 즐겁다.

오늘도 차갑고 우중충한 날이었다. 하도 서늘해서 우유를 가지러 갈 때 줄리언에게 니트 재킷을 입혔다. 머리 위에서 구름이 잔뜩 모여 비밀스럽게 회합 중이었지만 드문드문 파란 하늘이 보였고 물기를 머금은 햇빛이 어슴푸레 빛나고 있었다. 모뉴먼트 산은 오늘 아침 구름에 덮여 있었고 서쪽 산마루에만 햇빛이 내렸다. 공기는 특히나 맑았다. 태코닉 구릉지가 지금처럼 눈앞에 선명하게 드러난 적이 없었다. 그렇게 보이긴 해도 모뉴먼트 산 뒤편에 있을 터였다.

브루인이 우리를 따라 뛰어오며 줄리언을 즐겁게 했다. 하지만 돌아오는 길에는 그 개가 정신없이 뛰어다니며 까불었다. 선천적으로 개를 무서워하는 아이는 그만 울음을 터뜨리고 말았다.

바깥에 생기가 없어 아침 동안 우리는 집 안에서 지냈다. 나는 피비가 보낸 아주 짧은 편지 두 통과 피터스 부인

줄리언

이 우체국에서 사 온 신문을 읽었다. 열한 시가 되어서 데보라와 어린 엘렌이 줄리언을 하이우드로 데려가려고 왔다. 그렇게 왕자님이 떠나고 나서 저녁 식사 때까지는 아이를 보지 못했다. 무슨 이유로 만 부인이 부탁했는지 모르겠지만 피비가 조각할 때 쓰던 도구를 챙겨서 우편으로 보냈다. 나는 피비가 만 부인의 별스러운 보살핌이나 짜증 때문에 그의 흉상을 조금이라도 수정하거나 개조하지 않기를 믿는다. 만약 그런 일이 곧이어 벌어졌다면 조각 도구를 보내지 말았어야 했다.

오늘 우리는 첫 콩을 수확했다. 사실 까치밥나무 열매와 상추를 제외하고는 가장 먼저 거둔 수확물이다. 세 시에 줄리언이 돌아왔다. 아이는 저녁으로 토마토와 콩, 아스파라거스를 먹었는데, 아주 맛있게 먹었고 재미있게 놀았다고 했다. 네 시에 아이에게 옷을 입혀서 마을까지 산책을 갔다. 우체국에는 아직 우편물이 도착하지 않았다. 팔리 씨 사무실에 도착해서 우리는 팔리 씨와 세지위크 씨를 만났다. 그러고는 닭장이 있는 팔리 씨의 집으로 가서 멋지게 생긴 수탉과 병아리를 보았다. 말이 나온 김에 가을에는 켐블 부인의 집을 인수해야 한다고 세지위크 씨를 설득했다. 우체국으로 돌아가서 태펀 부인에게 온 우편물과 내 우편물을 찾고, 집으로 향했다. 집으로 가는 길에 담벼락을 기어올라 러브그로브에 앉아서 신문을 읽었다. 그러고 있는데 말에 올라탄 기사가 길을 따라와서 나에게 스페인어로 인사를 했다. 나는 모자를 만져 가볍게 인사를 한 다음 다시 신문을 읽기 시작했다. 그런데 그 기사가 한 번 더 인사하기에 그제야 나는 자세히 훑어보았다. 허먼 멜빌이었다! 줄리언과 나는 서둘러 길로 내려가서 인사를 했다. 그리고 모두 같이 집으로 가며 이야기를 나누었다. 멜빌 군은 곧 말에서 내려 줄리언을 안장에 앉혔다. 줄리언은 아주 기뻐하며 능숙한 승마 선수처럼 여유롭고 당당하게 말 위에 올라앉았고 거의 1.6킬로미터에 가까운 귀가 길 내내 말을 탔다.

나는 허먼 멜빌에게 대접할 차를 준비해달라고 피터스 부인에게 부탁했다. 멜빌은 차를 한 잔 마시고는 잠을 이루지 못할까 더 마시기를 꺼려했다. 저녁을 먹고 나서 줄리언을 잠자리에 들게 했다. 멜빌과 나는 시간, 영원함, 이 세상과 그다음 세상, 책, 출판업자, 가능한 문제, 불가능한 문제를 두고 밤이 깊도록 이야기했다. 굳이 사실을 이야기하자면, 거실이라는 신성한 구역에서 시가를 피웠다. 드디어 그는 자리에서 일어나 헛간에 매둔 말의 안장에 올라 자신의 거처로 떠나갔다. 나는 아주 조금 허락된 시간 동안 잠을 자두려고 서둘렀다.

아침 여섯 시 반에 일어나서 줄리언을 씻긴 다음 나도 씻었다. 그리고 줄리언에게 구깃구깃한 모직 옷을 입히고 우유를 얻으러 갔다. 마치 태곳적부터 시작해서 처음으로 맞이하는 듯한 정말 상쾌한 아침이었다. 남쪽 끝자락에 조금 희뿌옇게 흐린 구석만 빼고 구름 한 점 보이지 않았다. 서쪽 정상만 빼고 모뉴먼트 산은 햇빛을 받아 반짝이는 안개를 봉긋한 양털 옷처럼 걸치고 있었다. 서쪽 둔덕은 안개로 덮여 있었다. 안개는 나무 꼭대기에 맴돌았고, 그 꼭대기에서 하늘로 훨훨 날아올라 진짜 구름으로 변하고 있었다. 수증기는 빠르게 사라져 우리가 할 일을 마치고 돌아가는 사이 안개가 완전히 걷혔다.

지난밤의 기록 중 잊은 것이 있다. 허먼 멜빌이 다음 주에 같이 며칠 보내자며 나와 줄리언을 집에 초대했다. 에버트 듀이킹크와 그의 형이 방문할 예정이라고 했다. 나는 하룻밤 정도는 괜찮다고 했다. 멜빌이 우리를 데리러 올 것이다.

열 시에 나는 엘렌에게 토끼를 선물할 요량으로 줄리언 편에 들려 하이우드로 보냈다. 사실 집이 너무 옹색해서 토끼 한 마리를 제대로 건사할 공간이 부족했다. 신중히 고려해보건대, 계속해서 거실에 두는 것도 토끼의 습성과 맞지 않을 터였다. 토끼가 다니는 통에 우리 집 밀짚 카펫도 심각하게 망가지고 있었다. 하이우드에서는 원하기만 한다면야 토끼만의 공간도 만들 수 있다. 토끼를 데리고 뭐든지 할 수 있는 것이다. 나는 쾌활하게 움직이며 관찰해볼 만한 기질을 지닌 토끼가 좋았다. 토끼는 완벽하게 우리에게 적응했고 우리를 좋아하는 것 같았다. 항상 곁에 앉아서 우리가 취하는 모든 동작에 주의를 기울였다. 내 생각에 토끼는 호기심이 매우 강하고 주위를 잘 살피는 기질이 있다. 자기 주변에서 일어나는 일에 상당한 관찰력을 지닌 것 같다. 사람도 물론이거니와 다른 동물도 토끼만큼이나 그 작은 발로 언제나 눈에 띄지 않게 내지르는 모습을 본 적이 없다. 그래서 우리와 토끼 모두를 위해서였지만, 토끼를 떠나보낸 것을 후회했다. 혹시 엘렌이 토끼를 세게 잡아당기거나 괴롭힐까 걱정도 되었고 나만큼이나 토끼의 습성에 주의를 기울이는 사람이 하이우드에 없을 것 같기도 했다. 몇 가지 있을지도 모를 그곳의 제약과 규칙에 적응하지 못하면 얼마나 불쌍할까 싶었다. 줄리언도 토끼와 헤어진다니까 어느 정도 슬퍼했다. 하지만 엘렌에게 토끼를 준다는 사실에 기뻐하며 반대하지 않았다. 아이가 아직 돌아오지 않아 선물을 잘 주고 왔는지 알 수 없다.

열한 시 십오 분, 줄리언이 돌아와 엘렌이 토끼를 그다지 달가워하지 않았고 처음부터 토끼를 너무 세게 잡아당겼다고 했다. 아이는 데보라와 캐롤라인, 엘렌을 만났다. 처음에 그 아이들은 토끼가 왜 자기 집에 있어야 하는지 이해하지 못했다. 줄리언이 갈 때가 되자, 아이들은 토끼를 두고 갈 건지 물어보았다.

"이제 토끼는 엘렌 거라니까!"

줄리언의 말에 그 아이들은 아무 말도 하지 않았다. 아이는 그래도 그 아이들이 토끼를 가져서 좋아했다고 말한다. 불쌍한 토끼가 남은 여생 동안 고초를 심하게 겪을 운명을 맞이할까 걱정스러웠다. 줄리언의 말에 따르면, 엘렌은 그 불쌍한 것의 털과 뒷다리를 잡아 공중에 들어 올려 흔들었고 여러 가지 잔혹한 짓을 했다고 한다. 그냥 내가 토끼를 물에 빠뜨려 죽일 것을 그랬다. 지금이라도 그렇게 할 수 있을 것이다. 그 아이들이 다시 토끼를 돌려줄지도

줄리언

모르기 때문이다. 줄리언은 토끼를 빼앗아 집으로 올까 하는 마음이 굴뚝같았다고 말한다.

저녁을 먹기 전에 우리는 호숫가로 산책을 갔는데, 그곳에서 멈춰선 배를 한 척 발견했다. 나무뿌리에 걸려 있지만 않았어도 아마 낯선 곳을 항해했을 것이다. 아이는 배 안으로 들어가 재미있게 놀았다. 특히 배 밑바닥에서 며칠이나 있었을 작은 물고기 몇 마리를 발견하자 좋아했다.

저녁을 먹고 나서 팔리 씨가 물고기를 잡으려고 우리를 찾아왔다. 어제 만났을 때 반쯤은 예상한 일이었다. 우리 셋은 호숫가로 내려갔다. 줄리언은 아주 황홀경에 빠졌다. 아이보고 낚시꾼이 되지 말라고 말릴 필요가 없다. 줄리언에게는 천재적인 직관이 있다. 조만간 그 실력이 발휘될 것이다. 그렇게 안 될 이유도 없었다. 그런 재주가 있다면야 해가 될 것은 없다. 하지만 이날 오후에 아이를 매혹할 정도의 운은 따르지 않았다. 우리는 농어와 도미를 몇 마리 잡았는데, 아이는 물고기 꼬리를 잡아 올려서 아주 재미있다는 듯이 살펴보았다. 불쌍한 물고기가 바둥대는 동작에 동정심을 느꼈는지 못 느꼈는지 까불어댔다. 잠시 뒤 팔리 씨와 나는 지쳐서 집으로 돌아가기로 했다. 그날 오후는 완벽할 정도로 아름다웠고 편안했다. 적당히 덥기까지 했

다. 무엇 하나 더할 것도 뺄 것도 없었다. 그는 차 한잔 들지 않고 허먼 멜빌의 『흰색 재킷』을 들고 집으로 돌아갔다.

나는 일곱 시 즈음에 줄리언을 잠자리에 들인 다음 까치밥나무 열매를 주우러 갔다. 그때, 태편 부인이 마당 끝을 지나 아래쪽 헛간으로 가고 있었다. 부인에게 줄리언이 엘렌에게 토끼를 친절하게 주었는지 물어보았다. 부인은 웃으면서 그랬다고 말하며, 그런데 토끼가 꽤나 골칫거리기도 한데 엘렌이 토끼를 괴롭혔고 개마저도 계속 토끼를 쫓아다녔다고 했다. 토끼는 썩 반길 만한 존재가 아니었다. 태편 부인은 토끼를 마셜 버틀러에게 주든지, 아니면 (내가 토끼를 없애려고 하는 것에 대한 대안으로) 숲 속에서 자력으로 살게 하자고 제안했다. 이 생각에는 다른 사람이 처한 고통이나 불행을 안쓰럽게 느낄 때 드러나는 세심함이 있었다. 불길한 예감이 감돌지만, 고통과 불행이 눈앞에서 사라지고 나면 편안해질 것이었다. 태편 부인이 토끼를 죽일 작정이었다고는 생각하지 않는다. 비록 양심의 가책이나 미안함 없이 토끼를 굶길 생각이었지만 말이다. 더는 할 도리가 없어 보여서 나는 토끼를 다시 데려와달라고 했고 부인은 내일 주기로 약속했다.

피터스 부인은 저녁 식사 후에 부리나케 집으로 돌아

갔다. 저녁에는 『펜데니스』를 읽었고 까치밥나무 열매를
먹은 다음 열 시에 잠자리에 들었다.

아이가 울음을 터뜨리는 바람에 새벽 두 시와 세 시 사이에 잠에서 깼다. 펑펑 울고 있는 모습을 보고 깜짝 놀랐다. 아이 침대는 질퍽해져 있었다. 나는 아래층으로 내려가 깨끗한 잠옷을 들고 왔고, 아이를 달래려면 뭐든지 해야만 했다. 아이와 처음 겪는 일이었다.

다시 잠들기까지 한참 걸렸고 아이가 일어난 지 꽤 오래되었을 무렵인 여섯 시 반까지 나는 잠에서 깨어나지 못했다. 아이를 씻기고 나서 씻었다. 여느 때처럼 부엌에 불을 지피고 우유를 구하러 갔다. 저 멀리 언덕에 화환처럼 안개가 둘러싸인 것만 빼고는, 구름 한 점 없이 하늘이 화창하고 태양이 환하게 떠오른 완벽한 아침이었다. 유리처럼 잔잔한 호수는 숲과 언덕을 미동 없이 비추고 있었다. 이 유리 같은 표면이 물이 지닌 가장 아름다운 모습이라는 생각이 들었다. 루터 버틀러의 장인어른인 반스 씨가 루터의 집에서 어떤 젊은이의 머리칼을 잘라주고 있었다.

그 젊은이는 부엌 문 앞 의자에 앉아 있었고, 노인은 노련한 솜씨로 이발에 진념했다. 2.5센티미터 정도만 남겨두고 머리 전체를 아주 고르게 잘 깎았다.

나는 줄리언에게 아침을 먹고 나면 토끼를 찾아오라고 말했다. 기뻐서 어쩔 줄 모르는 표정이었지만 혼돈스러워하는 것 같았다.

"왜요, 아빠? 내가 토끼를 엘렌한테 주고 온 거 봤잖아요. 그러니까 아이들이 다시 돌려주지 않으면 못 데려온다고요."

내가 태펀 부인이 한 이야기를 해주면서 안심시키자 아이는 금방이라도 토끼를 찾으러 가겠다고 성화였다. 나는 아홉 시가 다 되어서 아이를 보냈다. 삼십 분 정도 지나서 토끼집과 함께 토끼를 데리고 왔다. 불쌍한 토끼는 인간의 본성에 대한 자신감을 많이 잃은 것 같았고, 최대한 상자 구석 가까이로 몸을 숨겼다. 나한테 반응도 보이지 않고 내가 주는 상추 잎을 받아먹지도 않았다. 집에 없는 동안 상당히 고초를 겪은 것 같았다. 줄리언은 브루인 때문에 토끼를 데려오는 데 시간이 많이 걸렸다고 했다. 그 말썽꾸러기 개가 불쌍한 토끼를 꽤나 쫓아다녔기 때문이다.

아이가 여기저기 까불고 노는 동안 열두 시까지 『펜데

니스』를 읽었다. 그런 다음 계곡에서 노는 아이를 둘러보고 사과나무가 서 있는 곳으로 가서 그 아래에 누웠다. 줄리언이 나무 위로 올라가서 두 다리를 벌리고 나뭇가지에 앉았다. 아이의 밝고 환한 얼굴이 나뭇잎 사이로 보였고 끊임없이 조잘대는 말소리가 여름 소나기처럼 쏟아졌다. 아이는 영원히 나무 위에서 살 거라며 나무 위에 둥지를 하나 지어야겠다고 했다. 그런 다음 새가 되어 멀리 날아가고 싶다고 했다. 그러더니 깊이 난 구멍으로 들어가 황금을 한가득 들고 오겠다고 했다. 그러고는 웨스트 뉴턴으로 날아가 엄마를 데려오고 싶다고 했다. 편지를 가지러 우체국으로 날아갔다가 콩과 호박, 감자도 들고 오겠다고 했다. 조금 뒤 나는 아이를 나무에서 내렸고, 그곳에서 조금 떨어진 데서 우연찮게 멋진 메아리를 들었다. 메아리는 점점 커지는 아이의 작고 맑은 소리를 모두 되풀이해주었는데, 우리가 외칠 때마다 서너 번 반복적으로 울렸다. 숲 너머 멀리서 울리는 것이 분명한 마지막 메아리는 원래의 목소리를 신기하고 환상적으로 흉내 냈다. 마치 우리가 보이지 않는 곳에서 외치는 소리 같았다. 줄리언은 '엄마' '우나' 말고도 다른 소리를 많이 냈다. 그런 다음 자신의 이름을 불렀는데 그 소리가 메아리쳐 오자 엄마가 자기를 부른다고 말했다. 메아리란 얼마나 이상하고 기이한 것인지!

온 가족이 두 시에 식사를 했다. 줄리언은 빵 자투리를, 나는 커스터드 파이를, 토끼는 빵 껍질을 먹었다. 아이와 호숫가로 산책을 갔다. 엉겅퀴를 상대로 한 십자군 원정은 여전히 계속되었다. 우단 동자꽃도 공격에 참여했다. 호숫가에서 어슬렁거리다가 윌콕스 씨의 밭과 키 큰 소나무 숲을 통과해 집으로 왔다. 줄리언이 이십오 분 정도 노는 동안 나는 나무를 등지고 누웠다. 나뭇가지를 올려다보다가 우단 동자꽃의 긴 줄기 하나를 아래로 내리치며 생각에 잠겼다. 때때로 아이는 자신이 목적하는 것을 집요하게 물고 늘어진다. 우리는 키 큰 원시 소나무 사이를 걷다가 습지의 가장자리를 따라 부들개지 다발을 모으면서 집으로 왔다. 이것이 다섯 시가 다 되어가는 지금까지 우리가 한 일의 전부다.

평소에 비해 요즘 내 인내심이 줄었거나 아니면 이 악동이 요구하는 게 더 많아졌거나 둘 중 하나다. 분명한 것은 보통 아빠가 감내해야 하는 것보다 질문을 많이 던져서 평상시보다 더 찾아보게 하고 더 생각하게 한다는 것이다. 절대 포기하지 않고, 내가 독서를 하는 동안 끊임없이 모든 문장과 구절마다 끼어들어 한마디라도 던졌고 생각할 틈을 주지 않을 만큼 정신없게 했다.

아이를 일곱 시에 재웠다. 까치밥나무 열매를 모아서 으깨놓았다. 생각에 잠겨 호수와 언덕을 둘러보면서 집 뒤에서 산보를 했다. 까치밥나무 열매를 먹고, 『펜데니스』 1권을 마저 다 읽고, 열 시가 되기 전에 잠자리에 들었다.

우리는 여섯 시 반에 일어났다. 목욕이 끝나기 전에 피터스 부인이 도착했다. 우유를 구하러 가는 길, 햇빛은 따뜻했지만 하늘 전체에 옅게 퍼진 구름 때문에 밝게 보이지는 않았다. 아이는 밤사이 내가 잠에서 깰 정도로 잠꼬대를 했지만, 활기차고 기분 좋아 보였다. 아침을 먹은 뒤 나는 마당에서 접시 가득 콩을 주웠고, 줄리언은 자신의 구역에서 들통을 한 통 채웠다.

아이는 자기 엄마의 나이를 헤아려보고는 스무 살이라고 말한다. "아주 어려요. 이제 겨우 스무 살이라고요"라고 소리친다.

시간이 지날수록 동쪽에서 불어오는 바람 때문에 날씨는 아주 쌀쌀해졌다. 오, 동쪽에서 부는 바람에서 바다의 숨결을 느낄 수 있다니. 물론 이 지옥 같은 날씨는 감기를 안겨주었다. 몸을 꼼짝도 하기 싫을 정도로 온종일 벌벌 떨며 앉아 있었다. 줄리언과 마을로 향한 네 시 전까지 내

내 그러고 있었다. 그대로 좋은 기분이던 아이가 목수 흉내를 내며 망치질을 해대는 통에 아주 골치 아팠다. 그 와중에 반쯤은 졸았지만 말이다. 마을에 갈 때 아이는 짧지만 지칠 줄 모르는 다리로 수망아지처럼 서둘러 뛰어갔다. 우체국에 도착했지만 우리에게 온 편지는 한 통도 없었다. 동부 지역에서 온 편지는 도착했건만, 다른 지역의 편지들은 배달되지 않았다. 운이 없는 날이었다. 법원 청사에 들러서 잠깐 앉아 팔리 씨를 만났다가 다시 집으로 향했다. 아이가 오렌지를 구해달라며 계속 성가시게 굴었다. 하지만 마을 반대편 끝까지 오래 걸어가지 않고서는 도저히 구할 수 없었다. 아이는 집에 가는 내내 평상시처럼 활기차고 장난기가 넘쳤다. 반면 나는 기운이 없어 우울하고 암울했다. 나는 윌리 바니에게 편지와 신문을 전달할 요량으로 하이우드로 가는 길로 접어들었다. 서재 창문이 열려 있는 것을 보고 들어가서 현관 아래 의자에 앉아 〈홈 저널〉을 훑어보았다.

줄리언을 일곱 시에 재운 다음 누비 가운을 입고 안방에 앉았다. 마전자를 먹고 열 시 전에 잠자리에 들었다.

　나는 푹 잘 잤고, 한 번 굴러떨어져 들어 올리기는 했지만 애늙은이도 푹 잤다. 우리는 여느 때처럼 여섯 시에 일어났다. 감기 기운은 확연히 없어졌다. 우유를 가지러 가는 길, 날씨는 어제보다는 덜 싸늘했지만 잿빛 구름이 하늘과 산마루 주위를 온통 뒤덮었다. 바람 한 점 불지 않는 호수는 고요하기 짝이 없었다. 집으로 돌아오는 길에 꼬맹이는 루터네에서 꽃을 꺾다가 뒤처졌다. 나를 따라붙으려고 냅다 달리다가 아찔할 정도로 크게 굴러 넘어졌다.

　이제 일곱 시 십오 분 전이다. 지금까지 기억에 남는 오늘의 사건은 누군가 나를 찾아온 일이었다. 안방에 앉아 있을 때, 현관에서 누군가 문을 두드렸다. 피터스 부인은 어떤 여인이 나를 찾아왔다고 말했다. 나는 까치발을 하고 계단을 올라가 재빨리 옷매무새를 가다듬은 다음 거실로 다시 내려왔다. 여인은 젊어 보였고 어여뻤다. 쾌활하면서도 지적인 눈동자를 지녔으며 아름다운 퀘이커교도 드레

스를 입고 있었다. 먼저 악수를 청하며 내 작품에 관심이 있다고 간단명료하게 말했지만 여성스러움은 감추지 못했다. 내 앞에서 말하기를 직접 한번 보고 싶었다고 했다. 나는 집 뒤 풍경이 좋다며 거실로 안내했고 우리는 풍경과 세상일, 사람들 이야기를 했다. 로웰과 휘티어, 제인스 씨, 그리고 허먼 멜빌이 화제에 올랐다. 그 여인은 휘티어와 친분이 있는 것 같았고, 그가 나를 몇 년 전에 만난 적이 있다는 이야기를 들었다고 했다. 여인의 태도에 정말 기분이 좋아졌다. 퀘이커교도의 단순함과 담백한 어법이 고상한 태도를 더 신선하게 느끼게 했다. 쾌활한 미소와 눈길로 타인의 생각에 선선히 응대했기에 나도 이야기하는 데 어려움이 없었다. 다정다감함이라고는 찾아볼 수 없었지만 자신의 의견을 단순하면서도 자유롭게 표현했다. 이런 특징이 인상적이었다. 작가의 입장에는 유일하게 즐겁게 받아들일 수 있는 방문이었다. 내 작품을 두고 칭찬 일색으로 대화를 이끌며 지겹게 하지도 않았다. 단지 작품에 대한 감성적인 본능에 이끌려 개인적으로 만나고 싶은 작가들이 있기 마련이라는 이야기와 그 비슷한 말을 할 뿐이었다.

그 시간 내내 줄리언은 다 커서 산만 한 덩치를 지닌 아이에 어울리지 않는 행동을 하며 내 무릎으로 기어올랐다.

동풍이 신경 쓰여 아이에게 니트 재킷을 입혀주었다. 그 여인 앞에서는 그 옷을 입지 않도록 한 것은 물론이고 아침을 먹은 다음에는 머리까지 빗겨 곱슬곱슬하게 다듬었다. 하지만 그런 모습은 내가 얼마나 고생하고 있는지 보여줄 뿐이었다. 줄리언을 보고 미소 지으며 잘 키웠다고 칭찬했고, 나와 별로 닮지 않은 것을 알아채고는 엄마를 닮았느냐고 물어보았다. 마침내 그 여인이 떠날 때가 되어 나는 문으로 안내했다. 떠나면서 자신의 이름이 '엘리자베스 로이드'라고 알려주며 '작별 인사'를 했다. 그렇게 떠난 후로는 만나지 못했다. 그 여인은 말을 타지 않고 걸어갔다. 그 여인은 필라델피아에서 산다. 줄리언은 그 여인에게 자기한테 키스를 해도 좋다고 했다.

오늘은 특별히 읽을 게 없어 푸리에를 뒤적거렸다. 저녁을 마친 다음에는 호숫가로 걸어갔다. 날씨는 아직도 당장에 비가 내릴 듯이 잔뜩 흐렸지만 단지 위협일 뿐이었다. 한동안 건기가 이어져서 위협이라기보다는 징조라고 부르는 편이 차라리 맞을 것 같다. 호수 면이 그동안 본 것보다 1.5미터에서 2미터 정도 내려가 있었고 수로를 따라 길게 이어진 시내는 완전히 말라 있었다. 가뭄 때문에 숲 속의 나무는 눈에 띄게 변해갔다. 며칠 전부터 잎이 마르더

니 이전보다 그림자가 점점 성기어졌다. 습도가 떨어져 잎이 노랗게 시들었으며 가지도 눈에 띄게 말라갔다. 군데군데 가을 정취도 찾아볼 수 있었다. 단풍과 황금 들판, 물기 없이 바싹 마른 수풀, 이 모든 것이 지나간 영화를 들려주었다. 언제 이렇게 스쳐 지나가버렸나? 나도 잘 모른다.

집으로 돌아오는 길에 줄리언이 말벌에 다리를 쏘여서 죽어라 소리를 질렀다. 태핀 부인네 밭 울타리를 지나다가 생긴 일이었다. 처음에 줄리언은 약이 잔뜩 올랐지만 조금 지나 집에 도착할 무렵에는 괜찮아졌는지 벌 쏘인 데를 치료해달라기는커녕 빵과 물을 먼저 찾았다. 아르니카 잎을 풀어 씻은 다음 줄리언을 먹였다. 이러다 보니 다섯 시가 훌쩍 넘어버렸다. 줄리언이 언제 아팠느냐는 듯이 내 잭나이프로 뭔가를 열심히 깎다가 묻는다.

"아빠, 만약에 가게에서 잭나이프를 몽땅 샀는데 다 망가지면 어떻게 할 거예요?"

"그럼 다른 가게에 가야지."

하지만 이 정도로는 어림도 없다.

"만약에요, 이 세상에 있는 잭나이프를 모조리 샀는데도 그러면요?"

그러다 인내심이 한계에 도달하여 바보 같은 질문은 그

만해달라고 부탁한다. 난 진심으로, 엉덩짝을 때려서라도 그 버릇을 고쳐야 옳다고 생각한다.

아이를 여섯 시에서 일곱 시 사이에 재운 다음 감기 기운이 심해져 아홉 시에 잠자리에 들었다.

우리는 여느 때처럼 일어났다. 어제 말벌에 쏘인 탓에 줄리언의 다리가 퉁퉁 부어올랐고 염증이 생겼다. 괜찮아 보이는데도 상처 부위를 건들기라도 하면 아프다고 불평했다. 바꽃 두 송이를 주며 오늘은 우유 가지러 가는 데 따라오지 말라고 했다. 하지만 아이는 아무리 아파도 따라가겠다며 고집을 피웠다. 구름이 군데군데 있었지만, 청명하기 이를 데 없는 맑고 편안한 아침이었다. 루터네에서 버터를 좀 얻었다. 우유를 메고 오다가 애늙은이에게 들라고 건네주니 아이가 날카롭고 높은 목소리로 짧게, 지금 화난 다람쥐와 대화를 나눈다고 불평했다. 넌 아무 짐이 없는데 아빠는 짐을 두 개나 운반하는 것이 보이지 않느냐고 조리 있게 설명하자 줄리언은 한 번은 양보했다. 그러다 자신이 짐을 들고 충분히 멀리 갔다고 생각되는 곳에 이르러서는 더 들지 않았다.

아침을 먹은 뒤, 우리 정원에서 여름 호박을 처음으로

거두어들였다. 그다음 나는 줄리언의 곱슬머리를 손봐주었다. 그런데 솜씨는 좀처럼 나아지지 않은 것 같다. 열 시가 되기 전에 호숫가로 산책을 갔다. 아름다운 오전에 따뜻한 햇살이 드리웠고 선선한 바람이 불어왔다. 줄리언은 어디선가 마른 나뭇가지를 주워 와 지푸라기를 엮어 낚시를 시작했는데, 큰 물고기를 낚을 거라고 철석같이 믿는 모습이 안쓰러웠다. 그런 뒤에 우리는 초록색이 사라져가는 숲을 지나 스토크 다리 근처 모래사장으로 가서 물에 뜨는 나뭇가지와 나뭇조각을 떠나보내며 재미있게 보냈다. 사실 나는 평소보다 감기가 심해 몸이 무거웠고 멍했다. 기운이 펄펄 넘치는 작은 괴물을 상대하기에는 좋은 친구가 아니었다. 열두 시가 지나서 우리는 집으로 돌아왔다.

저녁을 먹고 헛간으로 가서 새로 베어 온 지푸라기로 기분 전환을 했다. 집으로 돌아오니 편지 두 통이 기다리고 있었다. 한 통은 피비가 걱정하며 보낸 것이었고, 한 통은 파이크가 해변 별장에 관해 쓴 것이었다. 이전에도 마을에 가보려고 했기 때문에 네 시가 막 지날 무렵 우리는 발걸음을 옮겼다. 여름이 되면 뜨거운 태양과 시원찮은 바람을 몰고 오는 진절머리나는 날씨였지만, 좌우지간 바람이 선선했다. 사무실에는 박물관과 서명 수집가가 보낸 편지 말고는 아무것도 없었다. 나는 내가 좋아하는 잼을 샀다. 줄리언은 기분이 별로 좋지 않았는데 그토록 우리가 간절히 바랐던 설탕을 사지 못한 탓인 것 같았다. "편치 않아"라고 말했던 때가 떠올라 마음에 걸려, 한시도 가만히 있지를 못하는 줄리언에게 물어보니 아이는 괜찮다고 분명히 이야기했다. 러브그로브에 도착했을 때 다시 한 번 물어보았지만, 아이는 역시나 괜찮다고 했다. 여전히 가만히 있지 못하는 행동거지를 보고 먼저 집에 가라고 하자, 줄리언은 잰걸음으로 앞섰다. 버틀러 씨네 쪽 언덕 등성이에 오를 즈음 줄리언을 따라잡았다. 뒤에 멀찌감치 떨어져 가는데 악을 쓰는 소리가 들려 가까이 가보니 두 다리를 벌린 채 걷고 있었다. 불쌍한 줄리언! 속바지가 엉망이었다. 용변 보기 편한 옷을 아이에게 입히지 않은 일은 명백히 잔인하다고 말해야 할 것이다. 남자아이들은, 특히 오늘처럼 이상하게 자주 볼일을 보고 싶은 날에는, 매번 화장실에 가고 싶다고 말하기를 꺼려한다.

일곱 시에 줄리언을 재웠다. 지금은 여덟 시에서 아홉 시 사이이다. 해질 무렵 즈음인 방금, 태편 부인이 계란을 빌리러 와서 일곱 개를 빌려줬다. 부인은 소피아가 돌아오기 전에 편지를 부칠 건지 물어보았다. 만약 그럴 거면 소피아가 쌀가루를 4.5킬로그램 정도 얻어 왔으면 하고 바랐다.

저녁 시간 동안 신문을 훑어보고 열 시 전에 잠자리에
들었다.

오늘 아침엔 보통 때보다 늦게 일어났다. 그래도 일곱 시 전이었고, 더군다나 우리 집 시계는 마을 시계보다 이십 분이나 빨랐다. 여기저기 떠 있는 구름 사이에서 태양이 강렬하게 빛나는 조용하고 따뜻한 아침이었다. 늘 그렇듯 우리는 우유를 가지러 떠났다. 햇빛을 받아 먼 곳에 있는 사물을 더 멀리 있는 것처럼 보이게 하는 연무 때문에 언덕은 과거의 모습과는 달라 보였다. 나른한 아침이었다. 나는 그 기분을 더 사무치게 느꼈다. 이런 분위기를 줄리언도 느껴서인지 보통 때처럼 까불지는 않았다. 두세 마리 정도 울타리 위에서 날쌔게 뛰어다니던 다람쥐도 보이지 않았다. 줄리언은 길 주위에 피어오른, 줄리언 말로는 독초라서 맨손으로 만지지 못하는 꽃과 대화를 나누고 있었다.

아침을 먹고 나서 우리는 콩을 주워 모았다. 그다음 줄리언의 양털 옷을 빗질했다. 줄리언의 머리칼은 열심히 공들이지 않으면 별로 정돈된 표시가 나지 않았다. 그래서 매일 아침 할 수 없이 전날 애써 기울인 노력을 되풀이해야만 했다. 이럴 때가 줄리언의 인내심이 가장 어려운 도전을 받아들이는 시간이었다.

오전에 소나기가 내려 창고와 외양간까지만 산책을 했다. 딸과 같이 밭에 나온 왈도 씨도 몇 분 동안 딸을 우리 집으로 데려와야만 했다. 눈동자가 까맣고 커다란 그 아이는 세 살 정도 되었는데 정말 귀엽고 명랑하게 생겼다. 거리를 두며 별로 관심을 보이지 않던 줄리언에게 내가 토끼를 데려오면 어떻겠느냐고 하자 달려가서 토끼를 잡아왔다. 이런 면에서 줄리언은 남자아이다웠는데, 말하자면 맹하게 보일 정도로 순한 아기 괴물이었다. 여자아이는 고양이가 된 양 토끼에게 간지럼을 태웠다. 나는 내심 그놈을 왈도 씨의 딸에게 선물로 줘버렸으면 했지만 줄리언은 토끼를 내주지 않았다. 왈도 씨와 함께 푸리에주의, 또 그런 류에 대해 이야기를 나눴다. 지성과 학식을 겸비한 사람으로 보였다. 왈도 씨는 코넬리우스가 오늘 마을로 갈 거라고 말했다. 피비에게 쓴 편지를 우체국에 전해달라고 왈도 씨에게 부탁을 하긴 했지만, 사실 굳이 편지로 보낼 내용이 아니었다. 그래서 토요일이 되기 전에 새로운 편지를 다시 써야만 했다.

오후까지 소나기가 이어졌다. 말로 표현하기 어려울 정도로 그림 같은 풍경이 펼쳐졌다. 동쪽에서 서쪽으로 구름이 계곡을 가로지르며 머리 위에 지붕처럼 낮게 드리워져 언덕 양쪽에 거의 닿을 것 같았다. 남쪽에 있는 모뉴먼트 산까지 연결되지는 않았지만, 햇빛을 받은 구름이 산 정상에 군데군데 보였다. 폭풍우의 중앙에 드리운 먹구름 아래에서 우리는 저 멀리 화창한 날씨를 즐기고 있을 맞은편의 밝은 풍경을 바라보았다. 구름이 너무 낮게 깔려서 우리는 마치 텐트 아래에 있는 것 같은 착각에 빠져들었고, 성큼 다가온 텐트 입구를 통해 화창한 풍경을 볼 수 있었다. 이 진풍경은 몇 분 동안 이어지다 모뉴먼트 산을 휘감아 돌더니 시야에서 사라졌다. 하지만 그 모습은 희미하게 되살아나고 있다. 마치 날씨가 만들어내는 신비한 간극 같다.

줄리언은 오후 동안 채찍과 활, 화살을 만들었고 소일거리 삼아 짚으로 만든 인형을 상대로 놀았다. 쌀과 콩으로 배부르게 저녁을 먹은 지 채 한 시간이 되지 않았건만 줄리언은 먹을 것을 달라며 보챘다. 한 시간 전에 빵 한 조각을 간식으로 주어서 내가 더는 안 된다고 하자, 줄리언은 귀청이 찢어지게 소리를 지르며 나를 있는 힘껏 두들겨 때렸다. 작은 거인처럼 힘이 넘쳤다. 나에게 이런 질문 공세를 펼쳤다.

"도대체 현명한 질문이라는 게 뭐죠?"

줄리언이 당장이라도 또 그런 질문을 던질 것만 같다.

한바탕 난리를 치르고서야 애늙은이는 일곱 시에 잠자리에 들었다. 피터스 부인은 자기 나름의 엄한 방식이긴 했지만 줄리언에게 잘해주는 편이다. 오늘을 예로 들어보자면, 줄리언의 낡은 밀짚모자에 부인이 예전에 붙여놓은 것이 분명한 리본이 두 개 달려 있었다. 부인 스스로 친근해지려고 한 적도 없었고, 줄리언이 피터스 부인에게 매달린적도 없었다. 정확하게 이야기하자면 줄리언은 부인과 거리를 두려 한다고 해야 할 것이다. 불가피하게, 그런 방법말고는 딱히 다른 의사소통 수단이 없다는 것을 이해하기에, 피터스 부인은 줄리언에게 베풀 수 있는 친절은 전부베풀어주었다.

아홉 시가 얼마 지나지 않아 잠자리에 들었다.

우리는 여섯 시가 얼마 지나지 않아 일어났다. 북쪽으로 동쪽으로 느릿느릿 움직이는 구름과 따뜻한 태양을 품은 기분 좋은 아침이었다. 어제 내린 폭풍우의 흔적에 오늘도 똑같은 날이 될지 모른다는 예감이 들었다. 우리가 우유를 가지러 갔을 때 버틀러 부인이 지금 당장은 버터를 줄 수 없다고 했다. 그래서 우리는 하이우드에 가서 도움을 받을 수밖에 없었다. 아침을 먹기 전에 꼬마 신사는 고양이의 울음소리를 들었다. 찾아보니 물탱크 쪽에서 들려오는 소리였다. 널빤지를 치우자 고양이가 물탱크에 빠져 허우적대는 모습이 또렷하게 보였다. 피터스 부인도 고양이 울음소리를 들었다. 아마도 그 음침한 구멍 속에서 열 시간 내지 열두 시간을 허우적댔을 터였다. 고양이를 건져내려고 몇 번 시도하다가 급기야 양동이를 물탱크 속으로 내렸다. 고양이는 양동이에 기어오르는 데 성공했고 그렇게 구출되었다. 그 불쌍한 것은 거의 기진맥진해서 기어 다니지도 못했다. 의심할 여지없이 지난밤을 물탱크 속에서 보낸 게 틀림없었다. 우리가 우유를 좀 주자 핥아 먹었다. 그놈은 새끼 고양이였다.

이른 아침에 데보라가 엘렌을 데리고 줄리언과 토끼를 보러 왔다. 줄리언은 조용히 있었다. 열한 시에서 열두 시 사이에 허먼 멜빌이 듀이킹크 씨네 사람 둘을 말 두 필이 끄는 사 인승 포장마차에 태워 찾아왔다. 언젠가 여기 있을 때 멜빌이 두 사람이 나를 보러 올 것이라고 했고, 나는 가능하면 같이 식사하자고 했다. 하지만 오늘은 마땅히 대접할 거리가 없었다. 그래도 무사히 잘 치렀다. 그들이 마차를 타고 소풍을 나가자고 했는데, 마다할 이유가 없었다. 유일하게 남아 있던 맨스필드 씨의 샴페인을 처음 간 곳에서 내놓았다. 물론 줄리언이 챙겨 온 것이었고 우리는 함께 차렸다. 구름이 좀 끼어 있었지만 비가 올 것 같지 않은, 춥지도 덥지도 않은 적당한 날이었다. 허드슨 쪽을 향해 산을 넘어갔고, 마차에서 내려 소풍할 짙푸른 숲으로 점점 들어갔다.

어찌되었거나, 손님들에게 내놓을 저녁거리 걱정으로 노심초사했다. 사실 지난번 식사는 훌륭하지도 충분하지도 않았다. 고작해야 샌드위치와 생강 과자가 전부였다. 생강 과자만 빼고는 줄리언에게 문제될 것이 없었다. 샌드위치 빵에는 버터는 물론이고, 머스터드도 같이 발라져 있었다. 줄리언은 난생 처음으로 생강 과자에 대한 설명을 들었다. 엄청나게 먹어치울 때까지 줄리언은 무척이나 좋아했지만 배가 부르자 먹을 것이 못 된다는 것을 알게 되었다. 어쨌거나 줄리언의 배는 불렀고 나쁠 것도 없었다. 게다가 바구니 바닥에 땅콩과 건포도가 남아 있어 즐겁게 먹을 수 있었다. 줄리언은 마차 타는 것은 물론이고 모든 것을 실컷 즐기며 제법 소풍 놀이를 많이 해본 어른처럼 행동했다.

우리는 나무 아래에서 시가를 피운 다음 문학 이야기와 다른 이런저런 이야기를 나누고, 자리에서 일어나 4, 5킬로미터 떨어진 핸콕에 있는 셰이커교도 마을을 방문했다. 줄리언이 그곳에서 네발 달린 괴상한 짐승 같은 것을 기대했는지 아니면 다른 것을 바랐는지 몰라도, '셰이커'라는 말은 분명히 엄청난 수수께끼로 다가간 것 같았다. 막상 덧옷을 걸치고 챙이 넓은 회색 모자를 쓴 노인을 셰이커교도라고 소개하자 줄리언은 다소 실망하는 눈치였다. 마을의 어른이며 지도자인 노인의 안내에 따라 마을의 원옥原屋을 방문할 수 있었다. 편리하게 설계된 벽돌집은 바닥과

벽이 광택 나는 나무로 둘러싸여 있었고, 회반죽은 대리석처럼 부드러웠다. 모든 것이 너무나 깔끔해서 똑바로 보는 것이 고통스러울 정도였다. 그런데 이곳에 사는 사람들이 도덕적으로 순수하고 진실하다는 사실을 암시하지 않았다. 아무도 쓴 흔적이 없는 타구가 입구를 따라 일정한 간격으로 길게 놓여 있었다. 성별에 따라 숙소 입구가 나뉘어 있었는데, 남성용에는 모자가 여성용에는 보닛이 걸려 있었다. 각 방에는 한 명도 자기 힘들어 보이는 침대가 두 줄씩 놓여 있었다. 노인은 침대 하나에 두 명씩 잤다고 말했다. 방에는 세면거나 목욕하는 시설이 구비되지 않았고, 대신 입구에 세면대와 세숫대야가 있는 걸로 보아 그곳에서 모든 위생 활동이 이루어졌을 것 같았다. 그들이 청결하고 깔끔한 척하는 이면에 얇디얇은 천박함이 숨어 있다는 것을 보여준다. 셰이커교도는 추잡스럽기 짝이 없다. 그리고 사생활이라고는 철저하게 없다. 남자 사이의 친밀한 관계나(두 남자가 태연히 한 침대에서 자기도 한다.) 한 남자가 다른 남자를 감시하는 이런 행동은 생각하기도 싫고 구역질이 난다. 이런 곳은 일찌감치 사라져버리는 편이 낫다. 정리가 얼마 남지 않았다고 들어 적이 안심이 되었다.

그 대단한 집에서 우리는 살집이 잡혀 둥글둥글하고 땅

딸막한 노부인과 아홉 살에서 열두 살 사이로 보이는 두 소녀를 보았다. 이들은 호기심이 가득한 표정으로 음흉하게 우리를 곁눈질했다. 다른 방의 문가에서 바느질을 하거나 일하는 여인들이 보였다. 평안함이 느껴졌지만 끔찍한 중노동으로 농락당하는 것일 뿐이었다. 여자들은 창백해 보였고 남자들은 아무도 즐거운 표정을 짓지 않았다. 이 문명화된 세상에서 분명 가장 기괴하고 불쌍한 사람들일 것이다. 그리고 언젠가 이 종파와 체계가 사라지고 나면, 셰이커교의 역사는 가장 궁금증을 일으키는 기록이 될 것이다. 이 오지에서 줄리언이 기분 좋게 뛰어 놀고 춤추기는 했지만 진정으로 즐거워하지는 않았다. 나 또한 줄리언이 멍청한 셰이커교도들과 그 지역을 염려(그들이 가치 있다고 생각하는 덕목이기도 하다.)하는 것에 간섭할 마음도 없었다.

다섯 시 즈음에 우리는 그 마을을 떠났다. 레넉스는 11, 12킬로미터 정도 떨어져 있었다. 그런데 길을 잘못 잡는 바람에 언덕을 내려갔다 올라갔고, 모르는 지역으로 들어가서 곱절이나 더 가게 되었다. 하지만 버크셔에 사는 동안 본 풍경 중 가장 그림 같은 모습을 보았다. 해질 무렵, 어느 높은 곳에서 수 킬로미터 떨어진 캐트시킬 산과 지평선 너머를 보았다. 깊디깊은 계곡의 가장자리를 따라 반길 높이의 나무들에서 떨어진 잎으로 뒤덮인 길이 나 있었다. 다른 한 편에는 우뚝하게 솟은 벼랑이 보였다. 이 풍경은 아주 멀리까지 펼쳐졌다. 길의 다른 편은 숲 속으로 연결되어 산 아래 저지대 마을을 볼 수 있었다. 만약 다시 이 길을 찾는다면 그때는 걸어서 갈 것이다. 하지만 나는 근처 몇 킬로미터 주변에 이런 지역이 있었는지조차 알지 못한다.

서서히 모뉴먼트 산과 래틀스네이크 언덕, 눈에 익숙한 풍경이 펼쳐졌다. 내가 설명하지 못할 마법 때문인지, 호수만은 사라지고 없었다. 우리는 반드시 호수와 우리 작은 붉은 집과 하이우드를 찾아야만 했다. 하지만 있어야 할 자리에 없었다. 마침 석양이 내린 뒤라 서쪽에서 걸어온 우리는 레녹스에 가까워지고 있다는 것을 알았다. 집에 도착하기 전에 그곳을 반드시 지나치게 되어 있었다. 나는 우체국에 들러 많은 편지 가운데 피비가 보낸 편지를 받았다. 마을을 벗어났을 때는 해가 진 지 오래였다. 보름달이 떠 있었지만 아주 어두웠다. 이 꼬마는 마치 산전수전 다 겪은 방랑자 행세를 했다. 줄리언은 허먼 멜빌과 에버트 듀이킹크 사이에 앉았다. 앞자리에 앉아 가끔씩 뒤돌아 나를 보며 기이한 표정으로 미소를 보냈고 손으로 나를 쓰다듬어주었다. 마치 언젠가는 죽음을 맞이할 방랑자가 사상 최악의 모험을 겪으며 헤쳐나갈 때 우러나오는 공감대 같아 보였다.

어떻게 하다가 이렇게 되었는지, 피치 못하게 이런 일이 생기기도 해서 나는 일행에게 피츠필드로 돌아가기 전에 말도 쉬게 할 겸 차 한잔 들고 가라고 제안했다. 이런 시간에 피터스 부인이 도와주리라 전혀 기대하지 않았기에 뭘 어떻게 해야 할지 몰랐다. 하지만 부인은 마치 단번에 흑인 천사가 된 것처럼 동분서주 뛰어다녔다. 나는 이를테면 빵 같은, 태편 부인이 흔쾌히 줄 만한 것을 얻으려고 하이우드로 향했다. 태편 부인 역시 친절하기 그지없이 설탕뿐만 아니라 산딸기 잼 한 병, 먹지 못할 정도로 신 우리 집 빵과는 도저히 비교할 수 없는 좋은 빵으로 만든 케이크까지 주었다.

도착하자마자 줄리언은 모자를 벗을 사이도 없이 졸기 시작했다. 내가 하이우드에서 돌아왔을 때 피터스 부인은 이미 줄리언에게 밥상을 차려준 다음이었고, 줄리언은 마지막 빵 조각을 우적우적 먹고 있었다. 나는 옷을 갈아입히면서 줄리언에게 재미있었는지 물어보았다. 그런데 이 장난꾸러기 꼬마 신사의 대답은 '아니'였다. 삼십 분 전만 해도 자기 인생에서 가장 즐거워 보였는데 말이다. 몰려드는 피곤이 즐거웠던 기억을 모두 잠식해버렸다. 줄리언은 침대에 누워 그지없는 만족감과 평안함을 느꼈고, 내가 계단을 밟기도 전에 잠에 빠져들었다.

조금 지나 피터스 부인이 썩 훌륭하지도 그렇다고 여느 때처럼 빈약하지도 않은 저녁상을 차렸다. 차와 빵, 깨진 달걀, 작은 빵 케이크, 그리고 산딸기 잼. 나는 진정한 감사 기도를 하느님과 피터스 부인에게 보냈다. 정말 다행이었다! 차를 마신 다음, 우리는 시가를 피웠고 즐겁게 대화를 나누었다. 열 시가 되자 손님들은 떠났다. 신문을 한두 가지 읽고 열한 시가 되기 전에 잠자리에 들었다. 구름 한 점 없이 충만하고 풍부한 달빛이 드리운 아름다운 밤, 잠자리에 들지 말고 차라리 10킬로미터를 달려 피츠필드로 가야만 할 것 같았다.

오늘 아침 줄리언은 기분 좋게 눈을 떴다. 우리는 일곱 시 정도에 일어났다. 소풍 갔던 기억이 기분 좋게 떠올라 어제 재미있었느냐고 물어보자, 줄리언은 꽤나 흥분하며 그렇다고 대답했고 또 가고 싶다고 했다. 그리고 아빠와 엄마, 우나 누나만큼이나 멜빌 아저씨를 좋아한다고 말했다.

어젯밤 날씨가 청명하고 맑아 아침에는 소나기가 쏟아질 것 같았는데, 결국 소나기가 내렸다. 잠자리에서 일어날 무렵에 빗방울이 떨어졌지만 우유를 가지러 갈 때는 그칠 것 같았다. 바깥 공기가 눅눅해져 우울한 분위기를 자아냈다. 산등성이 전체에서 연무가 피어올라 모뉴먼트 산이 마치 포화로 뒤덮인 전쟁터 같았다. 열한 시 즈음까지 줄리언을 집 안에 머무르게 했지만, 태양이 다시 비치기 시작하자 우리는 헛간으로 갔고 정원에도 나갔다. 나머지 시간 동안 줄리언은 짚 인형을 들고 놀거나 말타기 놀이를 했고, 옹알이에 가까운 수다를 떨면서 귀청을 멀게 할 정도로 내 정신을 어지럽혔다. 오전 동안 나는 아내가 줄리언에게 보낸 편지를 읽어주었다. 줄리언은 끝도 없이 깔깔댔다.

날씨 때문에 집 밖으로 나갈 수 없었다. 어쩔 수 없이 최대한 안에서 시간을 보내야 했다. 정말이지 오늘은 줄리언이 쏟아내는 수다가 무슨 말인지 알아들을 수 없었다. 내가 듣고 있지 않다고 생각되면 줄리언은 혼잣말을 했다. 온종일 지칠 줄 몰랐다.

네 시와 다섯 시 사이에 아주 세찬 소나기가 쏟아졌다. 소나기가 한창 내리는데 현관에서 연속적으로 거세게 문을 두드리는 소리가 들렸다. 줄리언과 나는 누군지 알아보려고 재빨리 달려갔다. 문을 열자 한 젊은이가 현관 계단에 서 있었다. 대문에는 마차 한 대가 서 있었고, 마차 창문 밖으로 머리를 내민 제임스 씨가 보였다. 폭풍우 속에서 몸을 피할 곳을 찾고 있었다! 습격에 가까운 일이었다. 제임스 씨와 제임스 부인, 큰아들, 딸, 막내아들 찰스, 시종, 마부가 있었다. 마부는 집 안으로 들어오지 않았고 시종은 홀에 머물렀다. 오, 피비가 얼마나 필요한 존재인지 이제야 알다니! 정말 깜짝 놀랐지만 나는 최선을 다했다. 줄리언도 애는 썼지만 도움은 되지 않았다. 꼬마 찰리는 줄리언보다 몇 달 어렸는데 둘 사이에도 나눌 대화거리가 있었다. 제임스 부인은 다행인지 몰라도 천둥과 번개를 무척이나 무서워했다. 시끄럽고 신경 거슬리는 일을 싫어하는 모습을 보니 싸움을 아예 하지 않는 열외 전투 병력처럼 보였다. 스무 살 정도로 보이는 아들과 열일곱 아니면 열여덟 살 정도 되어 보이는 딸은 아무 말도 하지 않았다. 아직 성인이 되지 않은 아이들이 이렇게 행동하는 것은 영국식일 거라고 짐작했다. 제임스 씨만 유일하게 말을 했다. 그래서 우리는 웬만큼 대화가 통했다. 오늘이 그의 생일이어서 소풍을 나섰는데 비가 와서 문제였다. 우리는 잡지, 영국 사람과 미국 사람, 그리고 쉽게 동의할 수 있는 화제인 청교도 이야기를 했다. 제임스 씨는 최근에 마차에서 굴러떨어진 사연과 어떻게 말이 도망쳤는지 이야기보따리를 풀었다. 초록색 도마뱀과 붉은색 도마뱀에 대해서도 대화를 나눴다. 줄리언 같은 아이였을 때 부엉이 열두 마리를 어떻게 동시에 잡았는지, 은수저와 돈을 훔쳐가는 까마귀를 잡은 이야기도 덧붙였다. 또한 다람쥐와 많은 종류의 애완동물 이야기도 술술 했다. 줄리언은 박장대소하며 웃었다.

찰리로 말하자면, 토끼에 관심이 많았고 다행히도 거실로 옮긴 흔들 목마를 좋아했다. 유심히 목마를 관찰하더니 낯도 안 가리고 아주 또렷한 발음으로 목마에 대해 수천 가지 질문을 했다. 찰리는 천신만고 끝에 목마의 등에 올라탔지만 줄리언보다 훌륭한 승마 선수로 보이지는 않았다. 우리의 애늙은이는 거의 아무 말도 하지 않았다. 사실 그동안 지내면서 이런 예기치 않은 방해는 처음이었다. 드디어 소나기가 걷히면서 불청객들이 사라졌다. 바라건대, 다음에 이런 일이 또 생긴다면, 그때는 반드시 아내가 있어야 할 것 같다.

그들이 떠나자마자 피터스 부인이 줄리언의 저녁상을 차렸다. 그리고 서둘러 집 안을 정리한 다음 집으로 돌아갔다. 여섯 시 이십 분이 지날 때였다.

나는 쓸쓸한 마음으로 저녁 시간을 보내고 아홉 시가 되어서 잠자리에 들었다.

여섯 시가 좀 지나서 일어났다. 북서풍이 유난히 차갑게 부는 아침이었다. 음울하게 잔뜩 찌푸린 구름이 북쪽을 향해 여기저기 흩어져 있었다. 우유를 가지러 갔을 때, 루터 버틀러가 올해는 인디언 옥수수 작황이 별로 좋지 않을 것 같다며 자기 생각을 말했다. 사실 이젠 여름 같지가 않다.

식사를 마치고 아무 일도 없이 있다 보니 아침이 그냥 지나갔다. 열 시쯤에야 우리는 호수에 갈 채비를 했다. 우리 꼬맹이는 오래된 나뭇가지를 하나 꺾어 기꺼이 낚시할 자세를 잡았다. 줄리언의 인내심은 더 나은 보상을 받을 만하다. 줄리언은 항상 낚시를 즐겼고, 어떠한 실망도 하지 않았다. 그런 다음에 우리는 호수에 돌을 던졌다. 나는 나무 밑 둑에 앉아서 우울한 일상에 활력을 더해주는, 해처럼 쾌활한 줄리언의 분주함과 절대로 지칠 줄 모르는 행동을 지켜보았다. 우리는 뮤레인과 엉겅퀴에 대항해 싸우며 호수 위쪽으로 슬슬 올라갔다. 나는 키 큰 목재용 소나무 가장자리에 앉았다. 줄리언은 우리가 마주치는 곳마다 즐겁게 놀 거리를 발견하고, 항상 그걸 없앤다며 용감히 싸운다. 이곳에서 잠시 시간을 보내고 숲을 지나 건너편 들판으로 향했다. 거기에서 나는 큰 바위에 앉고 자기는 모래 구멍을 파야 한다고 줄리언이 고집을 부려서 그렇게 하게 했다. 아이는 조그맣게 구멍을 파고 모래를 쌓아 올리더니 자기가 요정의 집을 지었다고 상상했다. 내가 줄리언처럼 만족스러웠다면 아마도 거기서 온종일 시간을 보내려고 했을 것이다. 집으로 오는 길에 시원한 샘물을 마셨고, 한 시가 넘어 집에 도착했다.

저녁 식사로 줄리언에게 빵과 물, 조금 남은 옥수수 푸딩을 주고, 나는 케이크 한 조각과 오이를 먹었다. 그러고는 밖으로 나가 암탉에게 모이를 주었다. 맑고 푸른 하늘에서 내려오는 따뜻하고 온화한, 그렇다고 너무 지나치지도 않은 온기를 품은 석양을 바라보며 계곡의 경사면에 누워 시가를 피웠다. 그동안 줄리언은, 함께 있다는 느낌이 들지 않을 정도로 멀지는 않지만 큰 소리로 외치면 들릴 정도의 거리에 떨어져서 놀았다. 줄리언이 외칠 때마다 아이의 맑은 목소리가 똑같은 말을 되풀이하는 것이 멀리서 아주 희미하게 들렸다. 메아리였다. 우리는 두 시 반에 도착했다. 이제 아이는 흔들 목마를 타고 놀면서, 할 수 있는 한 가장 빠르게 혀를 움직이며 나에게 말을 건다. 아이의 말에 이렇게 시달려본 사람이 있을까. 저를 축복하소서! 폭발하는 수다의 밑바닥에는 공감을 얻으려는 욕구가 깔려 있다. 자신이 느끼는 즐거움을 다른 친구들 마음속에 심어놓으며 즐거움을 더하고 싶어 한다. 줄리언이 나처럼 고독한 인생을 살 염려는 없다는 생각이 들었다.

오후에 우리가 모은 까치밥나무 열매를 으깨 몇 개를 줄리언에게 저녁거리로 주었다. 우리는 여섯 시 전에 이걸 끝냈다. 그러고 나서 외양간에 갔다.

"정말 멋진 아침이었어. 그치, 아빠?"

문 밖으로 나오면서 줄리언이 말했다. 할 수만 있다면 줄리언이 말한 모든 것을 다 기록하고 싶다. 온전히 기억할 수 없어서 내가 잊어버린 말까지 다 적을 필요는 없어 보이지만 말이다. 오늘 엄청난 수의 엉겅퀴를 때려눕히고는 줄리언이 말했다.

"온 세상이 거대한 바늘 밭이야."

줄리언은 내가 자기를 아주 똑똑한 사람으로 여기지 않는다고 생각한다. 오늘 오후에도 줄리언이 물었다.

"아빠, 내가 아무것도 모른다고 생각해?"

"응."

줄리언이 대꾸를 한다.

"하지만 나는 아빠 대신 안방 문을 닫을 줄도 아는데."

(비록 한 번뿐일지라도) 줄리언이 스스로 위안을 삼을 수 있는 실용적인 지혜를 얻어 무척 기뻤다. 아무튼 적절한 시기가 되면 줄리언의 내면에 있는 뭔가가 그 아이를 현명하게 만들 거라고 생각한다. 그 시기가 너무 빨리 오는 것을 하늘이 막고 있을 뿐이다.

잠자리에서 옷을 갈아입히기 전에 줄리언이 가장 좋아하는 일, 그러니까 날뛰고 돌아다니며 치열하게 싸우는 가짜 전투를 마음껏 하도록 했다. 일곱 시에 드디어 줄리언은 슬그머니 잠들었다. 이번만은 진정으로 말하건대, 줄리언은 제게 둘도 없이 사랑스럽고 귀여운 아이이며, 제가 할 수 있는 것을 모두 해주고 싶을 만큼 사랑하는 아이랍니다! 감사합니다, 하느님! 이 아이를 축복해주십시오! 이 아이를 낳아준 피비를 보살펴주십시오! 피비는 이 세상 최고의 아내며 어머니입니다! 제가 보고 싶어 하는 우나도 축복해주십시오! 로즈버드도 축복해주십시오! 피비를 다시 한 번 축복해주십시오! 이 세상에 더 나은 아내와 아이들은 없을 겁니다. 저에게 과분합니다!

　홀로 보내는 저녁은 따분하고 외로웠다. 읽고 싶은 책이 없어 휴식을 취했다. 아홉 시가 되어 피비를 생각하며 잠자리에 들었다.

우리 꼬마가 한밤중에 아주 작은 소리로 기분 나쁜 꿈을 꾸었다고 말했다. 틀림없이 저녁 식사 때 먹은 까치밥나무 열매가 나쁜 영향을 미쳤을 테다. 줄리언의 배에서 우르릉 하는 소리가 들릴 정도였다. 줄리언도 그 소리를 듣긴 했지만 어디서 나는 소리인지 알아채지 못한 채 무슨 소리냐고 물었다. 잠시 뒤 줄리언이 다시 잠들었고, 평상시보다 조금 더 늦게까지 잠을 잤다. 일곱 시 즈음에 일어나셨고 나서 나중에 줄리언을 깨웠다. 줄리언이 샤워를 끝내기도 전에 피터스 부인이 왔다. 줄리언은 우유와 함께 빵을 한 조각 먹었다. 맑고 조용하고 꽤 쌀쌀한 아침이었다.

아침 식사 후에 나는 완두콩과 호박을 수확했고 우리 애늙은이의 머리를 꼬불거리게 손질한 다음 내 전용 화장실로 올라갔다. 열 시 전에 우리는 허드슨 강 옆 산기슭 길을 따라 걸었다. 강렬한 햇빛만 아니면, 이보다 더 기분 좋은 날씨는 없을 것이다. 따뜻하지만 너무 따뜻하지도 않으면서, 여름에 불어오는 바람이 다 그렇듯이 부드럽게 불어오는 산들바람이 빙산을 떠올리게 했다. 아주 즐거운 산책이었다. 엉겅퀴 기사로 작위를 받은 우리 꼬마는 옛 적군과 대적하며 용맹을 떨쳤고, 나 역시도 이 전투에서 물러서지 않았다. 꽃을 발견하면 줄리언은 그 아름다움에 홀딱 반해 가장 낯익은 꽃들에게 찬사를 보내곤 했다. 그렇게 줄리언은 성장하는 모든 것에 진심 어린 관심을 품었다. 우리는 플린트 씨네 반대쪽 숲에서 나무를 베는 사람들을 보았다. 줄리언은 화를 내면서 자신은 차라리 불을 지피지 않으며 살겠다고, 찬 우유를 마시겠다고 했다. 우리는 평탄하게 좋은 길을 따라 걷다가 숲 속에서 가장 높고 가장 깊숙한 곳에서 집을 한 채 발견했다. 거기에서 되짚어 돌아오다가 길옆으로 비껴 선 통나무 위에서 좀 쉬기도 했다. 우리 꼬마는 통나무 하나를 보고 '절망의 거인'이라고 칭하면서, 거인은 죽었고 자신이 그곳에 판 얕은 구멍은 거인의 무덤이라고 했다. 내가 구멍이 거인의 반도 되지 않는 크기라고 이의를 제기하자, 줄리언은 '절망의 거인'이 죽는 순간 너무 작아져버린 거라고 귀띔해주었다.

　우리가 여기에 앉아 있는 사이에 한 남자가 사륜마차를 타고 지나갔다. 곧 그 뒤를 이어 두 여인과 구레나룻이

난 신사가 사 인승 사륜 쌍두마차를 타고 숲 속에 멋진 볼거리를 제공하며 지나갔다. 반대쪽에서는 한 소년이 짐마차를 몰고 왔는데, 그 아이의 엄마와 동생으로 보이는 한 여자와 어린 여자아이가 안에 있었다. 그 여자가 차에서 내리더니 나에게 다가와 길 잃은 닭을 보았느냐고 물었다! 오늘 아침 이 길을 지나다가 닭 몇 마리가 마차에서 빠져나갔는데 이제 찾는 중인 것 같았다. 정말 찾고 싶은 마음이라면, 나무에 있는 새라도 불러 모아야 할지 모르겠다는 생각이 들었다. 우리가 자리를 뜰 때까지도 그들은 닭을 찾고 있었는데, 소년이 "꼬꼬야, 꼬꼬야, 꼬꼬야!" 하고 부르는 목소리에 왠지 모를 애처로움이 묻어 있었다. 그 아이가 닭을 불러 찾아도, 닭들은 이미 숲으로 흩어져 자고새와 짝짓기를 해서 야생 종자를 만들어낼지 모를 일이다. 줄리언과 나는 아까보다 더 천천히 걸으며 집으로 돌아왔다. 해가 꽤나 강렬했고 그동안 너무 많이 걸었기 때문이다. 키 큰 덤불에서 블랙베리를 발견했는데, 줄리언에게 몇 개만 먹게 하고 줄리언이 양손 가득 모은 것은 내가 먹으려고 남겼다. 우리가 집에 도착했을 때는 거의 열두 시가 다 되었다.

오늘따라 줄리언이 유난히 엄마와 우나를 기다리며 자

신의 사랑을 엄청 강조했다. 나는 줄리언이 로즈버드에게 애정이 없다고 생각하지만, 그럼에도 동생 로즈도 사랑하느냐고 물어보면 "그럼요"라고 대답했다. 오후 두 시 반 무렵이 되자 줄리언은 호수로 산책 나가고 싶어 했다.

줄리언의 뜻에 따라 밖으로 나갔고, 거기서 줄리언은 가느다란 막대기를 들고 다시 낚시질을 했다. 불쌍하고 참을성 있는 어린 낚시꾼! 나는 한쪽은 그늘지고 한쪽은 해가 드는 호숫가 풀밭에 오래도록 누워 있었다. 남쪽에서 불어오는 듯한 산들바람이 아주 상쾌했다. 바람은 나무 사이로 노래했고 물결은 호숫가에서 출렁였다. 거의 잠이 들다시피 했는데, 내가 눈을 뜰 때마다 거기에는 지칠 줄 모르는 낚시 소년이 있었다. 잠시 후 그 소년이 '엄마 바위'에 가자고 했다. 줄리언이 호두나무 아래에 있는 큰 바위에 붙인 이름인데 지난가을 그 '엄마 바위'에서 피비와 함께 아이들이 열매를 모으면서 논 적이 있었다. 줄리언은 자기가 어른이 되면 엄마를 위해 이 바위에 집을 짓고 아빠도 거기서 살게 해주겠다고 말했다.

"내가 어른이 되면 모두 나를 인정해줘야 해!"

'엄마 바위'에 가서 지난해에 떨어진 열매를 주웠고, 찾은 열매마다 실한 것이 있으리라 믿으면서 끈기 있게 쪼개

보았다. 모두 다 썩었다는 걸 알았지만 대단히 실망하는 눈치는 아니었다. 거기서 시간을 좀 보내다가 풀밭을 지나 집으로 돌아왔다. 우리 꼬마는 키 높은 잡초와 떡쑥 무리 사이로 계속 펄쩍펄쩍 뛰었다. 나는 줄리언의 넘치는 활기와 마지못해 내딛는 내 발걸음을 비교해보고는, 나보다 아이가 어리다는 사실에 만족해했다. 우리는 다섯 시쯤 집에 돌아왔다.

일곱 시 십오 분에 우리 꼬마를 침대에 막 눕혔다. 줄리언은 어젯밤의 나쁜 꿈을 또다시 꿀까 봐 두려워했다. 오늘 밤에는 까치밥나무 열매를 전혀 먹지 않았으니 괴로울 일은 없을 거라고 말해주었다. 줄리언은 그 꿈이 개꿈이었다고 했다.

아홉 시쯤에 잠들었다.

여섯 시가 조금 지나 일어났다. 우리 애늙은이는 간밤에 꿈도 꾸지 않고 아주 잘 잤다고 했다. 내 이야길 하자면, 밤새도록 데굴데굴 뒹군 것 같았다. 어제 저녁을 잔뜩 먹지도 않았는데 이상하다. 군데군데 하늘이 흐리고 안개가 언덕에 끼어 있었지만 아침 날씨는 따뜻했다. 우리가 우유를 가지러 갈 때, 해는 어슴푸레 빛나다가 재빨리 다시 들어갔다. 줄리언은 상상할 수 있는 한 가장 좋은 기분으로 깡충깡충 뛰어다녔다. 이번 주 줄리언은 매우 우스꽝스러운 모습이다. 특히 속바지가 짧아서 맨다리가 다 보였다. 그래서 다리의 일부는 갈색으로 타고 나머지는 하얗다.

아침 식사 후에 옷을 갈아입고 내려가자 목요일에 돌아온다고 알리는 피비의 편지가 탁자에 놓여 있었다. 엄마가 내일 온다고 아는 줄리언은 그 생각을 단념하려 들지 않을 것 같다.

열한 시쯤, 우리는 하도 다녀 닳고 닳은 호수 길을 산책했다. 물론 우리 애늙은이는 취미 생활인 낚시질을 다시 시작했다. 고요하고 흐리기까지 해서 낚시를 하기에는 최상의 날씨였다. 그런데 호수를 떠나기 전에 산들바람이 불어 수면이 흔들리며 일렁거렸다. 거의 저녁 식사 시간이 다 되어 돌아와서는 우선 빵 한 조각으로 우리 꼬마의 배고픔을 달랬다. 그러고 나서 밥과 호박, 완두콩으로 거창하게 식사를 했다. 저녁 식사 후 나는 책을 가져와 안방에 앉았다. 엄마가 떠나고 처음으로 줄리언이 한 시간 동안 알지 못하는 곳으로 사라져버렸다. 이제는 줄리언을 찾아야 할 때라고 생각했다. 내 곁에 줄리언이 없다는 사실이 엄마들이 할 법한 걱정을 하게 했다. 그래서 헛간으로 달려 갔고, 까치밥나무 숲을 뒤지고 집 주위를 돌아다니며 소리를 쳤다. 아무 반응이 없었다. 찾을 방법을 몰라 짚 더미에 앉아 망연자실하고 있었다. 하지만 머지않아 줄리언이 싱글거리는 얼굴로 주먹을 꼭 쥐고서는 집으로 달려오더니 뭔가 나한테 좋은 것을 들고 왔다고 말했다. '뭔가 좋은 것'이란 한 시간 동안 주먹 안에서 짓이겨 걸쭉하게 죽이 되어버린 라즈베리와 블랙베리, 구스베리였다. 엄마였다면 오히려 더 좋은 요리가 되었다고 생각할지도 몰랐다. 나는 줄리언의 선물을 완전히 거절할 수는 없어서 으깨지지 않은 구스베리를 몇 개 받았다. 줄리언이 하나도 맛보지 못했다고 하기에 나머지는 먹으라고 허락했다.

그때 네 시가 되어 줄리언과 나는 옷을 갈아입고 마을로 나섰다. 친절하게도 군데군데 떠 있는 구름이 가끔씩 해를 보여줬다. 오늘이 여름 중 가장 무더운 날인 것 같았다. 묵직하고 음울하게 사람을 짓누르는 열기로 몹시 괴로웠다. 마을에서 나는 엘리자베스와 롱펠로, 그리고 서명을 원하는 어느 여인으로부터 쪽지를 받았다. 집으로 돌아오는 길에 우리 꼬마가 너무 지치고 덥다며 업어달라고 했다. 그리고 다시는 마을로, 심지어 호수도 가지 않겠다고 선언했다. 정말이지 지치고 힘든 산책이었다. 지금은 일곱시, 나는 줄리언을 침대에 누이려고 한다.

줄리언을 침대에 눕히고 나서 정원에 있는데, 태펀 부인이 와서는 자신의 집에 같이 가서 내가 좋아할 만한 책이 있는지 봐달라고 했다. 그래서 나는 〈하퍼스 매거진〉 여러 권과 다른 정기간행물을 한두 권 가져왔다. 엘러리 채닝 목사님이 방문하고 싶다는 의사를 밝힌 편지를 부인에게 들고 갔다. 하지만 부인은 지금 방이 부족하고 집에 아기가 있다는 이유로 거절하려고 했다. 그러면서 아주 진지하게 우리가 목사님의 방문을 받아들일 수는 없는지 물었다! 우리 집이 부인 집보다 훨씬 더 크고, 게다가 아기도 없다는 게 이유였다. 나는 아홉 시 반이 될 때까지 잡지를 뒤적이다 잠이 들었다.

우리 꼬마가 평상시처럼 일찍 설치지 않았다. 그래서 나
도 한참을 깬 채로 누워 있다가 일곱 시가 다 되어 일어났
다. 줄리언을 부르기 전에 목욕을 먼저 했다. 언덕 위로 안
개가 심하게 내려앉은 흐린 아침이었다. 하지만 군데군데
그 사이를 뚫고 나오는 햇살이 보였다. 조금 덥지만 해가
밝게 빛나는 모습이었다. 이 안개와 구름은 우리 동네에만
끼었을 것이다. 날씨가 맑으니 아마도 피비는 집으로 떠날
채비를 하고 있을 테다. 줄리언은 오늘 엄마가 돌아올 거
라는 자신의 주장이 옳다고 믿었지만, 결국 지금은 그 생
각을 포기한 듯했다. 내일로 늦춰진다는 데 순순히 따르는
눈치였다. 그래도 줄리언의 마음은 그 문제로 가득했다. 지
금도 얇은 리넨 바지로 나를 비춰 보면서 엄마 대신 그걸
입을 수 있느냐고 물었다. 우유를 가지러 나갈 때, 줄리언
은 엄마가 돌아오면 얼마나 기쁠지, 어떻게 행동할지 말했
다. 하지만 돌아오는 길에는 우나 이야길 하면서 누나가 자

기를 어떻게 괴롭혔는지, 앞으로 더 힘들게 하면 어떻게 할 건지 말했다. 이 불쌍한 어린 것이 나랑 함께 있는 동안 꽤나 심심하게 지낸 건 아닌지, 어쩌면 앞으로도 이 비슷한 생활을 하게 되는 건 아닌지 걱정이 되었다.

열 시에 우리는 탱글우드 숲에서 어슬렁거리다 별다른 모험을 즐기지 않고 열한 시에 돌아왔다. 남은 오전 시간은 집에서 보냈다. 너무 더워서 줄리언은 움직이고 싶어 하지 않았다. 몸 상태가 안 좋다고 불평을 했지만 아픈 증상을 제대로 말하지는 못했다. 차라리 식사를 하면 나아질 것 같았다. 그사이에 내가 생각할 수 있는 가장 좋은 처방으로 바꽃을 주었다. 장은 심하게 탈이 나 보이지는 않았다. 너무 더운데 어제 지치도록 걸은 탓인 것 같다.

밥을 먹고 나서 우리는 밖으로 나가 나무 밑에 잠시 앉았다. 그리고 나머지 오후도 집 안에서 보냈다. 건초 더미를 외양간으로 실어 나르는 것을 보러 나갔다가 우리 꼬마가 건초 수레를 탄 일 말고는 별일 없이 보냈다. 다섯 시즘 줄리언이 머리가 아프다고 불평을 해서 벨라도나를 먹었다. 저녁 무렵이 되자 기운을 차리고는 저녁을 맛있게 먹고 평상시처럼 잘 지냈다. 정말이지 줄리언은 아파 보이지 않았다. 기운이 펄펄 나서 자기가 좋아하는 가짜 전투를 한바탕 치르고는 일곱 시인 지금 잠자리에 들었다. 엘리자베스의 편지를 믿어 의심치 않았기에 나는 줄리언이 오늘 밤 잠들기 전에 엄마를 볼 수 있기를 바랐다.

저녁 동안 잡지를 뒤적이다 아홉 시에 잠자리에 들었다.

한밤중에 오랫동안 깨어 있다가 아침 무렵에 잠이 들었다. 우리 꼬마는 나보다 일찍 잠에서 깼다. 약간 간격을 두고 우리 둘 다 일어났는데, 아직 여섯 시도 안 되었을 때였다. 줄리언은 꽤 생기 있었고 몸 상태도 좋아 보였다.

우유를 가지러 가면서 우리는 흐릿한 무지개를 보았다. 거의 알아차릴 수 없을 정도로 소나기가 지나갔는데 동시에 해가 희미하게 반짝였다. 그 전후로 보이는 징조로 미루어 오늘 날씨가 나쁠 것 같아 불안했다. 우리 애늙은이께서는 걸어가면서 철학적으로 무지개를 논하셨다. 하지만 나는 줄리언이 한 말 중에 햇빛이 무지갯빛이라는 것 말고는 아무것도 기억하지 못했다. 아침 식사를 하면서 줄리언은 상상의 나래를 펼쳤다. 엄마가 맑은 날 집에 돌아올 수 있게 자기가 어떻게 하늘로 올라가 구름을 쓸어냈는지, 또 모뉴먼트 산을 세워서 구름까지 닿을 가장 긴 길을 만들었노라 큰소리를 쳤다. 피터스 부인이 나더러 먹으

줄리언

라고 식탁에 둔 케이크를 보더니 자기가 먹는 아침 식사에 불만을 품으며 늘 먹던 빵과 우유 말고 다른 것을 차려달라고 했다. 오늘 아침 빵에는 이스트가 들었다고 말해주자 대단한 식탐을 보이며 먹기 시작했다. 지금까지 맛본 것보다 더 맛있다고 여겼다.

아침 식사 후 한 시간쯤 지났는데 줄리언이 배가 아프다고 해서 할미꽃을 주었다. 좀 심각해 보였는데 콕콕 찌르지는 않는 모양이었고 다른 증상은 없어 보였다. 지금은 통증이 사라져 기분 좋게 독일어로 된 그림책을 훑어보고 있다. 날이 완전히 궂다고는 할 수 없지만, 확실히 낮이 구름과 음침함에 자리를 내주었다. 잘 모르지만, 어제의 찌는 듯한 무더위보다는 피비가 여행하기에 더 편안하리라 생각한다. 아내가 여기에 있다면 얼마나 좋을까! 이제 아홉 시 반이다. 그리고 여덟 시간 뒤에는 피비가 탄 마차 바퀴 소리에 귀 기울여야 할 시간이다.

날이 쌀쌀한 데다 구름까지 끼어 오전 내내 집 안에서 보냈다. 우리 꼬마는 종이를 찢고 그림을 보고 말을 타고 놀았다. 한순간도 심기가 불편하거나(거의 그럴 가능성은 없다.) 우울한 적 없이 온종일 재잘거리는 데 재미를 붙이며 즐거워했다. 복통은 재발하지 않았다. 줄리언은 마카로니와 밥, 호박, 빵으로 차린 훌륭한 식사를 먹었고, 나는 머릿속으로 오늘 밤이 오기 전에 아내가 와서 내 손에서 줄리언을 완전히 거둬가기를, 주마등처럼 흘러간 지난 삼 주 동안의 시끌벅적함을 보고 즐거워하기를 바랐다. 줄리언은 오늘 엄마의 귀환을 아주아주 고대하지는 않았다. 보통 때처럼 '곧 올 거야'라든가 '지금 당장'이라는 생각을 강하게 내비치지 않았다. 내 입장에선, 아내가 오늘 밤에 오지 않는다면 대단히 절망할 것 같다.

세 시쯤, 아니면 조금 지나서 줄리언이 아주 애타게 호수로 내려가자고 졸라댔다. 해가 유난히 사랑스럽게 나왔기에 말을 따를 수밖에 없었다. 그렇게 우리는 나갔다. 우리 꼬마는 환호성을 있는 대로 질렀고 사소한 얘기 한두 마디에도 함빡 웃으며 데굴데굴 굴렀다. 줄리언은 호수에 닿자마자 정신을 바짝 차리고 노련한 낚시꾼처럼 침착하게 낚시질을 시작했다. 이때 구름이 다시 끼면서 세찬 돌풍이 휩쓸어 호수는 황량하고 잔뜩 찌푸린 듯 보였다. 우리 애늙은이를 그 상태로 밖에 오래 세워두기에는 날이 너무 차지 않은지 염려되어서 곧 불러들였다. 집으로 돌아오는 길에 우리는 절대 지지 않는 적군 엉겅퀴와 싸웠다. 이제 거의 다섯 시가 다 되었다. 한 시간 안에, 조금 더 걸릴

지도 모르지만, 확실히 피비가 우리 앞에 나타날 것이다. 떨어져 지낸 지 일 년이나 흐른 것 같다. 지금 바퀴 소리가 들린다고 생각했다. 하지만 아내가 아니었다.

줄리언은 울음을 터뜨렸다.

"엄마가 왔으면 좋겠어! 나 엄마 너무 보고 싶단 말이야! 보고 싶어! 보고 싶어! 보고 싶어! 아빠, 로즈가 다 커 버리고 나서 엄마 만나는 거 아니야?"

말하는 것은 물론이고 상상조차 하고 싶지 않지만, 피비는 오지 않았다! 나는 여섯 시가 조금 넘어 줄리언을 침대에 눕히고 우체국으로 나섰다. 9월같이 상쾌한 날씨에 어울리는 맑고 아름다운 석양이었다. 너무나 놀랍게도 편지는 한 통도 없었다. 그래서 나는 아내가 틀림없이 오늘 올 작정이라고 결론 내렸다. 어쩌면 오늘 아침 보스턴 부근에 비가 예보되었기 때문에 출발하지 못했을지도 몰랐다. 집에 도착하기 직전에 태펀 부인을 만났다. 태펀 부인이 말하길, 피비와 아이들을 데려다줄 워드 씨가 도착하지 않았다고 했다. 그 사람 때문에 늦춰진 건지도 모른다.

저녁에 어슴푸레한 램프 불빛에 기대어 신문을 읽다가 아홉 시 반에 잠자리에 들었다.

　오늘은 아침 일곱 시가 되도록 일어나지 않았다. 북서
풍이 불어와 날씨는 아주 청명했다. 가을 같은 느낌이었다.
우유를 가지러 갈 때 우리 애늙은이에게 니트 재킷을 입혔
다. 하지만 속바지와 스타킹 사이로 맨다리가 드러나 으스
스할 게 염려스러웠다. 그래도 줄리언은 상쾌한 기분으로
느릿느릿 걸었고 산책하는 동안 세 번이나 뒹굴었다. 집으
로 돌아오는 길에 우리는 한 신사가 끌고 가는 말 위에 올
라탄 숙녀 세 명을 만났다. 우리 꼬마 신사는 나에게 그 여
자들이 예쁘냐고 물어보더니 자기는 그렇게 생각하지 않
는다고 말했다. 사실 내 눈엔 꽤 예뻐 보였지만 말 위에 탄
모습이 별로 줄리언의 취향이 아닌 것 같았다. 나는 그 기
분에 맞춰, 여자란 괴물 같고 별로 유쾌하지 않은 구경거
리라는 줄리언의 생각에 동의했다. 하지만 미에 대한 기준
이 상당히 까다로운 우리 애늙은이가 혹평을 내린 진짜
이유는 대개 자신만의 엉뚱한 적합성과 적절성 때문이었

다. 이런 감각은 가끔은 통속적이기도 하다. 예를 들면, 나를 찾아온 퀘이커교도 여인은 예뻤는데 줄리언은 아니라고 했다. 알고 보니 옷차림도 생소하고 전부 싫었던 것이다.

열 시에 우리는 호수 쪽으로 산책을 나섰다. 오가는 동안 내내 줄리언은 '절망의 거인' 이야기에 사로잡혀서 자기한테 일어난 나쁜 일은 모두 그 악의적인 인물 탓으로 돌렸다. 어쩌다 우나가 말한 적이 있는 갓 만들어진 '소 진흙'을 밟고 나서도 그 거인이 자신을 괴롭히려고 그걸 만들었다고 했다. 새도우 개울의 넓게 트인 자리에 도착해서 나는 둑에 누워 온몸에 햇볕을 듬뿍 쬐며 기분 좋게 따스함을 느꼈다. 그러는 동안 가끔 바람의 숨결이 상큼하게 지나가 기운을 북돋아주었다. 이곳에서 시가를 피웠다. 여기에서 조금 피우고 호숫가에서도 피웠다. 정말 완벽한 오전 나절이었고 이렇게 지내면서 순식간에 한 달이 지나갔다. 줄리언은 여느 때처럼 호수에서 낚시질을 하다가 돌을 던지며 놀았다. 가끔 주위에서 볼 수 있는, 썩은 나뭇가지 사이를 날아다니는 물총새보다도 줄리언이 더 쉴 새 없이 만들어지는 물의 파장을 즐기는 것 같았다. 하지만 내가 피곤해져서 얼마 지나지 않아 집에 돌아가자고 했다. 정확히 정오에 도착했다.

지금은 오후 네 시 반이다. 바깥 놀이는 더 하지 않고 집 안과 주변에서 빈둥거리며 놀았다. 줄리언은 엄마가 돌아오면 얼마나 좋을까 하고 한두 번 말하기는 했지만, 엄마가 곧 온다는 사실에 감흥은 없어 보였다. 아마도 지금쯤 피비는 마을에 도착했을지도 모른다. 아내가 오는 중이라고 상상해보았다. 잠깐 실망하고 나서, 확실치 않다는 생각이 들었다. 줄리언은 아주 건강해 보인다. 하지만 정확하게 이야기하자면, 오늘 줄리언의 머리카락은 피비가 없이 지낸 그 어느 때보다 상태가 안 좋아 보였다. 그래도 내가 할 수 있는 한 최대로 신경 써서 머리를 꼬불거리게 했다. 줄리언은 양털로 만든 재킷을 입었는데, 웬일인지 지독히 안 어울렸다. 아무리 벗으라고 해도 고집을 부렸다. 엄마가 없는 사이에 줄리언이 괴상망측해졌다고 피비가 생각할 것 같다.

토끼는 완전히 엉망진창이다. 어제도 이상해 보였는데 오늘은 확실히 더 그렇다. 덜덜 떨고 있었다. 줄리언은 자기가 유일하게 아는 병명인 성홍열을 토끼가 앓는다고 생각한다.

피비가 어제 도착했는지 확인하려고 워드 씨가 다섯 시 반이 지나서 왔다. 이 점이 궁금증을 증폭시켰다. 엘리자베스는 나에게 워드 씨가 피비를 수요일에 데려다줄 거라고 썼다. 그런데 그는 사정상 그날 오지 못했고, 아내는 미노트 부인과 목요일에 오기로 되어 있었다. 피비는 어디에 있는 걸까?

저녁 식사를 하자마자 줄리언을 침대에 눕히고, 곧바로 마을로 나섰다. 아직까지 소피아로부터 아무런 편지도 못 받았다. 무슨 문제가 있어서 워드 씨가 데려다주기를 기다리는 게 틀림없다. 우체국에 가니 나에게로 직접 온 큰 상자가 있었는데 아마도 피비가 보스턴에서 구입한 물건인 것 같았다. 집에 돌아와서 신문을 읽으며 저녁 시간을 보냈다. 〈뉴욕 이브닝 포스트〉에서 코네티컷 주 미들타운에 있는 웨슬리언 대학 졸업식에 관한 기사가 실렸다. 그리고 바칼로레아 문제 중에 크롬웰에 사는 에드윈 홀시 콜이 쓴 '현대의 고전적인 연설'이 출제되었는데 그것은 나에 대해 쓴 글이었다! 이런 시험의 본질이 뭔지 도무지 이해가 안 되었고, 라틴어로 썼는지 자국어로 썼는지도 알 수 없었다. 어쨌거나 뭐라고들 했는지 관심을 가졌어야 했다.

열 시가 되기 조금 전에 비통한 마음으로 침대에 누웠다.

　　우리 꼬마가 해가 밝기도 전에 일어나서는 계속해서 나를 깨웠다. 하지만 얼마 지나 다시 잠들어 거의 일곱 시가 될 때까지 잤다. 그제야 우리 둘 다 일어났다. 욕실에 들어서자마자 무슨 일이 일어난 듯한 예감이 들어 토끼 상자를 엿보았다. 아니나 다를까, 그 불쌍하고 조그만 동물이 빳빳하게 굳어 누워 있었다. 어제 벌벌 떨던 토끼가 내 눈앞에서 아주 비참하게 변해 있었다. 무슨 문제가 있었는지 알 수 없었다. 소화 기능도 정상인 것 같았고, 지난 이틀 동안 보인 증상은 움직이거나 먹는 것을 단순히 귀찮아하는 정도였다. 줄리언은 이 사건으로 상처를 받은 것 같진 않고, 관심을 보이며 흥분한 듯했다. 다른 나쁜 일들과 마찬가지로 이 일도 '절망의 거인'이 부리는 하수인 탓으로 돌렸다. 그리고 우유를 가지러 가면서 지난번에 자신에게 소 진흙을 밟게 한 일보다 '더 더 못된' 가장 나쁜 짓을 거인이 했다고 단언했다.

아침 식사를 하고 나는 구멍을 파서 불쌍한 토끼를 정원에 묻어주었다. 우리 애늙은이는 내일까지 무덤 위로 꽃이 피어났으면 좋겠다는 바람을 표현했다. 줄리언의 가발을 꼬불거리게 하고 면도를 한 다음 태편 부인에게 줄 쪽지를 줄리언에게 들려 하이우드로 보냈다. 우체국에 있는 큰 상자 얘기를 하며 아마도 부인이 요청한 쌀이 든 것 같은데 만약 상자를 실어 올 마차를 보내지 않는다면 받지 못할지 모른다는 암시를 주었다. 이 작전이 주효했다. 쪽지를 보고 올바르게 판단한 부인은 줄리언에게 마차를 보내겠다는 말을 전했다. 열 시가 거의 다 되자 줄리언은 호수로 나가자고 졸라댔다. 지금도 줄리언은 "아마 내일이면 토끼 나무가 생겨서 토끼들이 귀를 늘어뜨린 채 달려 있을 거야!"라고 말한다. 아이들은 죽음을, 적어도 동물의 죽음은, 신경이 쓰이기는 하나 농담처럼 받아들이는 특이한 경향이 있다는 걸 줄리언을 보면서 알게 되었다. 줄리언은 토끼의 사라짐에 대해 엄청 웃었다.

우리는 애늙은이의 소원대로 호수에 갔다. 줄리언은 내트 삼촌이 아주 오래전에 만들어줬는데, 어제부터 가장 좋아하는 장난감이 된 배를 가져갔다. 위아래로 출렁이는 호수 물결 위에 배를 띄우니 진짜 범선처럼 보였다. 줄리언은 오로지 이것만으로도 백 년쯤은 아주 만족스럽게 보냈을 것 같다. 그러는 사이에, 나는 〈내셔널 이러〉를 호주머니에서 꺼내서 천천히 음미하면서 읽었다. 전에도 경험했지만 자연에서 선명한 인상과 감동을 얻는 가장 좋은 방법은 그 속에 앉아 독서를 하거나 사색에 잠기는 것이다. 그러면 자연의 풍광에 빨려 들어갈 것이며, 자신이 알지도 못하는 사이에 자연을 받아들이고 자연이 그 모습을 바꾸기 전에 참모습을 보게 될 것이다. 하지만 그 효과는 우리가 알아채자마자 한순간도 지나지 않아서 사라질 것이다. 그래도 그 순간이 바로 현실이다. 마치 나무와 나무가 나누는 대화를 엿듣고 이해해서 베일에 가려진 비밀의 얼굴을 보는 것과 같다. 비밀은 숨을 한 번, 두 번 쉬는 동안 드러났다가 바로 다시 예전의 모습으로 숨어버린다. 나는 오늘 오전, 가끔씩 보던 것처럼 그렇게 완벽하진 않았지만, 이런 장면을 목격했다. 돌아오니 열두 시 반이 되었다.

피츠필드에서 피비를 기다려달라고 스틸 씨에게 부탁하는 쪽지를 우체국에 두고 왔는데, 그 얘기를 깜빡 잊고 기록하지 못했다. 오늘 아내가 오지 않으면 정말 어떻게 해야 할지 모르겠다.

지금 시계로 거의 여섯 시가 되었는데 아직 오지 않았

다! 확실히, 꼭, 반드시, 틀림없이, 오늘 밤에 올 것이다!

　위의 글을 쓰고 난 뒤 십오 분도 지나지 않아 아내와 아이들이 돌아왔다, 모두 무사히! 하느님 감사합니다.

아버지의 언어로 각인한

유년 시절의 초상 —폴 오스터

『줄리언』은 문학사에서 이름난 작가의 작품 가운데 가장 알려지지 않은 작품이다. 1851년 7월 28일부터 8월 16일까지 매사추세츠 주의 레넉스에서 집필된 이 글은, 거의 읽힌 적이 없는 방대한 분량의 희귀하고 비밀스러운 기록물인 호손의 『아메리칸 노트북』에 오십 쪽 분량의 간략한 별권 형태로 파묻혀 있었다. 이 작품을 쓰기 한 해 전 6월, 호손은 아내와 함께 두 아이, 우나(1844년 출생)와 줄리언(1846년 출생)을 데리고 버크셔에 자리한 붉은색의 아담한 농가로 이주했다. 이듬해 1851년에 셋째 로즈가 태어났다. 그로부터 몇 달 뒤, 소피아 호손은 두 딸과 자신의 언니 엘리자베스 피보디와 함께 레넉스를 떠나 보스턴 외곽 웨스트 뉴턴에 사는 친부모를 방문했다. 그래서 호손과 다섯 살짜리 줄리언, 집안일을 도와주는 피터스 부인, 나중에 '뒷다리'라는 별명을 얻은 토끼 한 마리만 집에 덩그러니 남게 되었다. 식구들이 떠난 날 저녁, 호손은 줄리언을 재워놓고 이 소품의 첫 장을 써내려갔다. 아내가 없는 일상을 기록한다는 것 말고 다른 생각이 없었지만, 호손은 자신도 모르는 사이 어떤 작가도 해보지 않은 작업을 시작하고 있었다. 그것은 한 거장의 섬세하면서도 꼼꼼하기 이를 데 없는 육아 일기였다.

어떤 면에서 고되게 사는 농부 부부를 다룬 오래된 이야기로 비칠 수도 있는 상황이었다. 내용은 다양하지만 결말은 항상 똑같다. 게으르다는 둥 일이 서툴다는 둥 허구한 날 아내에게 핀잔을 늘어놓던 남편도 막상 앞치마를 두르고 집안일을 하다 보면 초보 주부와 다르지 않았던 것이다. 어떤 이야기를 읽었느냐에 따라 조금씩 다르겠지만, 남편은 쇠고삐에 줄을 맨다 부뚜막에 불을 지핀다 하며 온갖 소동을 피우다가 급기야 아내를 지붕 위로 불러들인다. 아내는 텃밭에서 얌전히 밭을 매다가 남편이 목이 터져라 지르는 비명을 듣고서 한걸음에 집으로 뛰어와 하마터면 목이 부러졌을지도, 아니면 집을 홀랑 태워먹었을지도 모를 남편을 구해낸다.

호손은 그런 낭패를 보지는 않았다. 하지만 분명히 만만치 않은 상황에 처했다고 스스로 직감했다.『줄리언』에 담긴 그의 목소리는, 어른이 된 줄리언이 '아버지의 유머

섞인 진지함'이라고 묘사한 것처럼 우스꽝스러우면서도 한탄이 서려 있고 어쩔 줄 몰라 한다. 호손의 짧은 이야기와 소설의 전개 방식에 익숙한 독자는 『아메리칸 노트북』 속에 드러난 명징하고 단순한 표현에 놀랄 것이다. 그의 소설에 배어 있던 어둡고 음울한 강박관념은 복잡하면서도 때로는 신경증과 모호함의 경계에 걸쳐 있는 정교함을 구축했다. 대부분 저자 서명 없이 출간된 초기 작품을 접한 일부 독자가 여성 작가로 착각할 정도였다. 최초로 호손 해설서를 집필한 헨리 제임스는, 이 독창적이며 유려한 산문을 통해 호손이 도덕적이고 철학적인 사유와 함께 예리한 심리 관찰을 묘파하는 능력에 독보적임을 알게 되었다고 증언했다. 물론 제임스가 호손 작품의 유일한 애독자라고 할 수는 없다. 그 말고도 호손주의자가 여러 명 전승된다. 호손식 풍자가, 호손식 후기 낭만파 우화가, 호손식 17세기 대영제국 연대기 작가가 있고, 그중에서 가장 눈에 띄는 사례는 카프카의 선구자라고 할 수 있는 호손을 보르헤스가 재구성한 것이다. 편리하게도 호손의 소설은 그 어떤 시각으로도 해석할 수 있는데 그 위대한 문학적 성취 때문에, 정도의 차이는 있지만, 오히려 잊히거나 무시되기까지 한 호손의 모습도 있다. 개인으로서의 호손을 비롯해서 일

줄리언

화와 충동적인 사유의 기록자, 몽상가, 자연현상을 기록하는 기상학자, 여행가, 서간문 저술가, 일상생활의 묘사가 같은 모습이다. 『아메리칸 노트북』은 매우 생생하고 강렬한 표현으로 가득 차 있는데, 이를 통해 호손은 문학사에서 존경받을 만한 인물일 뿐만 아니라, 현대문학 속에서도 여전히 살아 있는 존재가 되었다.

『줄리언』이 호손이 유일하게 남긴 아이들에 대한 기록은 아니었다. 우나와 줄리언이 말을 할 수 있을 정도로 자란 다음에 아이들과 주고받는 대화를 기록하는 일을 호손은 무척이나 즐겼던 것 같다. 그 즐거운 추억은 아래와 같이 시작한다.

줄리언 : 이제 노래하는 것도 지겹고 해서 하느님께 귀의하려고요. 우나는 정말 귀찮아요.

아빠 : 엄마도 싫어?

줄리언 : 아뇨.

아빠 : 그럼 아빠는?

줄리언 : 아니라니까요.

아빠 : 어쩌지, 난 도라도, 줄리언도, 우나도 다 싫은데."

우나 : 너 때문에 좀 속상해.

줄리언 : 그래, 그럼 더 속상하게 해주지.

줄리언 : 엄마, 왜 '저녁'은 '야참'이 아니야?

엄마 : 그럼 '의자'는 왜 '탁자'가 아니지?

줄리언 : 왜냐하면 이건 '찻주전자'니까요.

"아빠가 턱받이 빼줄게."

내가 줄리언에게 말했다. 그래도 아이는 알아채지 못했
다. 두 번, 세 번 반복해서 말할 수밖에 없었는데, 목소리
가 점점 올라갔다. 그제야 줄리언이 꽥 하고 소리 지른다.

"그럼 내가 아빠 머리 빼줄게요!"

1848년 3월 19일 일요일, 세일럼의 세관에서 근무하던
호손은 두 아이의 행동과 장난을 기록하는 데 온종일을
바쳤다. 첫째는 네 살이었고 둘째는 채 두 살이 못 되었다.
장장 열한 시간 동안 일어난 온갖 변덕과 기분 변화를 빠
짐없이 성실하게 아홉 쪽에 걸쳐 적어내려갔다. 감정이 풍
부하지 않은 19세기의 아버지상을 상상하는 사람도 있겠
지만, 도덕적 판단은 물론이고 귀에 거슬리는 참견은 전혀

하지 않았던 아버지 호손은 유년기의 사실적인 초상을 탁월하게 완성했다. 이 뛰어난 문장들이 그 유년 시절의 초상을 영원히 똑같은 모습으로 간직하게 할 것이다.

우나가 줄리언에게 손가락을 내밀자 둘은 춤을 추기 시작했다. 이 귀여운 남자아이는 다 큰 어른의 걸음걸이를 흉내 낸다. 그다음 우나는 자리 뺏기 놀이를 하자고 조른다. 그러자 마룻바닥은 온통 작은 발자국 모양으로 뒤덮인다. 줄리언은 뭐가 마음에 들지 않는지 울먹이며 중얼거린다. 우나가 달려와 줄리언에게 입맞춤을 한다. 우나가 말한다.

"아빠, 오늘 아침은 절대 짓궂게 굴지 않을 거라고요."
이제 아이들은 인디언 고무공을 가지고 논다. 줄리언이 공중으로 공을 던지려고 하지만 공은 겨우 아이의 머리까지만 올랐다가 떨어지고 만다. 그러더니 저만치 데굴데굴 굴러간다.

"대체 공은 어디 있는 거야?"
줄리언은 공을 찾아 헤맨다. (…) 공을 찾다가 잠시 공상에 빠진다. 마음은 저 멀리, 회상에 젖어든다. 도대체 어떻게 된 걸까? 선재하던 것을 떠올리는 것이다. 작은 의자에 앉은 땅딸막한 아이의 모습은 마치 시의원의 축소판 같았다. (…) 아이 엄마는 우나에게 보라색 외투를 입힌 다음 도라와 같이 외출한다. 우나는 아주 착한 아이가 되겠다고 약속하며, 도라에게 멀리 떨어지지 말고 진흙탕에 빠지지 말라고 주의를 준다. 줄리언은 터덜거리며 주위를 어슬렁거리다가 밖으로 나가길 바라며 "앞으로! 앞으로!" 라고 외친다. 방 여기저기를 휘저으며 으스대며 돌아다닌다. 내가 웃으면, 줄리언은 우스꽝스럽게 내 팔꿈치 쪽으로 다가와 얼굴을 쳐다보며 익살스러운 반응을 보인다. (…) 줄리언이 의자 위 내 무릎으로 올라와 안경에 비친 자신의 모습을 쳐다본다. 이제는 내가 쓰고 있는 종이를 궁금하다는 듯이 바라본다. 그러다 거의 뒹굴다시피 떨어질 뻔하는 바람에 깜짝 놀란다. 나도 따라 놀라 자빠지는 척하자 내 얼굴을 보고 웃는다. 아이 엄마가 우유를 들고 들어온다. 이번에는 엄마의 무릎에 앉아 안도의 한숨을 쉬고는 벌컥거리며 우유를 마신다. 그러고는 더 달라고 한다. 줄리언은 발가벗은 상태를 더할 나위 없는 행복으로 느낀다. '공기 목욕'을 하는 것이다. 아이 엄마가 잠옷을 입히려고 하면 불평하는 울음을 터뜨리며 도망친다. 그러면 우리의 점잖은 역사서에는 한 번도 언급된 적이 없는 엄청난 재난이 뒤따른다. (…) 우나가 들어온다.

"줄리언은 어디 있어요?"

"밖에 놀러 나갔는데."

"그게 아니구요, 아빠 작품에서 어디에 줄리언이 나오나구요."

우나가 좋아할 만한 부분을 찾아 가리키면, 우나는 바쁘게 펜으로 휘갈겨 쓴 것을 바라본다.

"여기 잉크를 가져왔어요. 아빠, 이거 다 쓸 거예요?"

우나는 책장을 넘기며 말한다. (…) 이제 우나가 나오는 부분을 쓴다고 말한다.

"정말 잘 썼는데요."

(…) 우나는 줄리언에게 블록 쌓기를 하자고 한다. 둘이 같이 블록을 쌓아올린다. 하지만 줄리언이 흩뜨려 기초를 세우기도 힘들다. 꾹 참던 우나가 또 사고를 친다.

"아빠! 누나 때문에!"

같이 올리던 블록 두 개를 가리키며 줄리언이 울음을 터뜨린다. 아이들은 블록 쌓기를 관둔다. 줄리언은 다시 의자에 올라 책장에 기어오르려고 한다. 그러다가 나에게 제재를 당한다. 그 바람에 줄리언이 울면 우나가 달려와 뽀뽀를 하며 달랜다. 나에게 달려와 꽤나 진지하게 불평한다.

"아빠, 한 살도 안 된 아이에게 그렇게 크게 소리를 치면 안 되죠."

우나는 조용히 내 무릎에 자리를 잡고 내 어깨에 머리를 기댄다. 줄리언은 창가에 있는 의자에 올라가 밖을 내다보며 생각에 잠긴다. 그렇게 잠시나마 아주 조용히 평화로운 시간을 보내지만, 어디까지나 줄리언이 달려와 우나의 신발을 벗기기 전까지다. 줄리언은 좀처럼 손을 가만히 두지 못한다. 맨무릎을 드러낸 우나를 모든 수단을 다해 꼬집어야 직성이 풀리는 식이다.

그로부터 나흘 뒤인 3월 23일 목요일에 호손은 똑같은 기록을 남겼으며 1849년에 여섯 차례 더 기록했다. 그리고 『아메리칸 노트북』의 백 주년 기념판에 삼십 쪽 분량으로 그 내용이 소개된다. 호손은 아이들의 놀이와 갈등, 내적 동요를 기술하는 데 그치지 않고 아이들의 성격에 대하여 좀 더 포괄적으로 적어 내려갔다. 훗날 우나를 『주홍 글자』에 등장하는 펄의 모델로 삼았기 때문에 우나에 대해 짧게 서술한 두 구절은 특히 흥미롭다. 다음은 1849년 1월 28일에 쓴 글이다.

그녀의 아름다움은 전광석화 같아서 덧없고, 불확실해서 설명할 수 없었지만, 실제로 존재한다. 그것은 아무도 기대하지 않을 때 빛난다. 하지만 그 존재를 확신하는 순간, 사라지고 만다. 곁에 있는 그녀의 얼굴에 빛나는 광채가 온전한 모습을 드러내는 순간, 만끽하기도 전에 사라지고 만다. (…) 마치 천사의 모습을 보는 것만큼이나 귀하고 값진 일이다. 그것은 변신이다. 우아함과 섬세함, 천상의 순수함을 한데 모은 것이며, 내 영혼 속에서 비밀스럽게 그녀를 불경히 대하려고 했던 마음을 포기하게 만든다. 그래서 이런 순간에 그녀의 참모습을 보게 된다고 해야 옳을 것이다. 그녀가 덜 사랑스럽게 보인다면 단지 외적인 것을 본 것에 불과하기 때문이다. 사실, 그런 모습이 그녀인 것처럼, 그렇지 않은 다른 모습도 또한 그녀다. 어떤 원칙을 세우기에 앞서, 한 인물은 감정의 변화와 연속 외에 또 다른 무엇일 수 있겠는가?

같은 해 7월 30일에는 다음과 같이 말한다.

아이는 나를 겁에 질리게 하는 구석이 있다. 요정인지 천사인지, 아니면 초자연적 존재인지 알 수가 없다. 무엇이

든 대담하게 정곡을 찌르다가도, 아무것도 아닌 것에 움츠러들기도 하는 그녀는 모든 사물을 이해하고 있었다. 무감각한 것 같다가도 때로는 사물의 면면을 모두 알고 있다. 딱딱하기 그지없다가도 부드럽기가 이루 말할 수 없으며, 도저히 이해할 수 없다가도 그렇게 슬기로울 수가 없다. 간단히 말해서, 내 자식이 아니라 내 집에 출몰하는, 선악이 한데 뒤섞인 유령이라고 말해야 할 것이다. 반면 남자아이는 늘 한결같았으며, 나와의 관계에 변함이 없었다.

1851년 여름이 되자, 호손은 노련한 유아 관찰자, 숙련된 육아 도우미가 되었다. 그는 마흔일곱이었고 이제 결혼 십 년 차가 다 되어갔다. 그때 그는 자신의 작품 세계가 거의 완성되었다는 사실을 알지 못했다. 『두 번 들은 이야기』(1837, 1842), 『낡은 목사관의 이끼』(1846), 『눈의 이미지와 또 다른 두 번 들은 이야기』(집필은 끝난 상태로 1851년 후반에 출간될 계획이었다.)가 이미 집필되어 있었다. 단편소설 작가로서 그가 쓴 작품집 전부였다. 장편소설 두 작품은 1850년과 1851년에 출간되었다. 『주홍 글자』는 미국 작가 중 '가장 난해한' 작가였던 그를 사랑과 존경을 가장 많이 받는 작가로 변모시켰다. 『일곱 박공의 집』을 통해 평단으로부터 미국이 건국된 이래 가장 훌륭한 작가로 평가받았고 명성은 공고해졌다. 여러 해 동안 고독하게 작업한 끝에 호손은 대중의 찬사를 받으며, 이십 년의 방황에 종지부를 찍고 글쓰기로 가족을 부양할 수 있게 되었다. 성공은 계속되었다. 그해 봄과 초여름에 『그리스·로마 신화』를 집필했고, 소피아가 웨스트 뉴턴으로 떠나기 두 주 전인 7월 15일에 그 작품의 서문을 완성했다. 차기작인 『블라이스데일 로맨스』의 구상까지 마친 상태였다. 그로부터 십삼 년 뒤, 예순 번째 생일이 다가오기 몇 주 전에 세상을 떠난 호손의 작가로서의 발자취를 떠올려보건대, 레녹스에서 지낸 시절이 가장 행복했던 시기였으며, 절묘하면서도 균형 잡힌 성취를 이룬 순간이었다. 하지만 사실 그때는 무더운 8월이었고, 몇 년 동안 호손은 여름에는 글쓰기를 미뤄왔다. 여름을 여유와 사색에 빠져 있어야 하는 시간으로 여겼기에 최대한 글을 쓰지 않고 야외 활동을 하면서 푹푹 찌는 뉴잉글랜드의 여름을 보내려 했다. 아들과 보낸 삼 주 동안의 기록을 써내려갈 때도 호손은 다른 중요한 일과를 희생하지 않았다. 이 작품이 유일한 노동이었으며, 그가 하고 싶었던 단 하나뿐인 일이었다.

호손은 1849년에 세일럼에서 악몽 같은 경험을 겪은 뒤에 레녹스로 이주했다. 친구인 허레이쇼 브릿지에게 보낸 편지에 쓴 것처럼, "길거리를 걷는 것도 사람들이 나를 쳐다보는 것도 증오할 정도로 그 도시를 싫어했다. 어디를 가더라도 완벽하게 타인이었다." 호손은 제임스 포크가 이끄는 민주당이 집권하던 1846년에 세일럼의 세관에서 감독관으로 일하며 삼 년 동안 작가 활동을 거의 하지 않았다. 1848년 선거에서 재커리 테일러 대통령 후보자가 당선되고 1849년 3월에 새 내각이 들어서자 호손은 해고되었다. 호손은 자신을 방어하려는 파장을 일으키지는 않았지만, 이 사건은 정치 현실에 대한 대중적 논란을 미국 사회에 일으켰다. 한창 그 다툼이 벌어질 때, 호손의 모친은 짧은 기간 투병하다가 세상을 떠났다. 바로 그해 7월 말에 집필하기 시작한 『아메리칸 노트북』은 호손의 모든 작품을 통틀어 가장 비통하며 감성적인 문장으로 가득 차 있다.

루이자는 침대 곁에 있는 의자를 가리켰다. 나는 무릎을 꿇고 어머니 곁으로 다가가 손을 잡았다. 어머니는 나를 알아봤지만 알아들을 수 없는 말을 중얼거릴 뿐이었다. 내가 알아들을 수 있는 말은 여동생을 잘 보살피라는 염려뿐이었다. 다이크 부인이 방에서 나간 다음에야 내 눈에 눈물이 맺힌 것을 알아차렸다. 닦아내려고 했지만 천천히 눈 안에 눈물이 스며들었다. 흐느낌에 흔들려 눈물이 저절로 떨어질 때까지 가만히 있었다. 오랫동안 무릎을 꿇고 어머니의 손을 잡고 있었다. 진실로 그 시간은 내 인생에서 가장 암울한 때였다.

어머니가 세상을 떠나고 열흘 뒤, 호손은 직장에 다닐 의욕을 상실했다. 사직한 지 며칠(가족의 증언이 맞다면 사직한 그날)이 지나 『주홍 글자』를 집필하기 시작했고, 여섯 달 만에 완성했다. 티크노앤드필즈 출판사가 소설 출간을 계획하면서 그동안 받은 경제적인 압박은 순식간에 기대하지 않은 반전을 맞았다. '미국 문학에 지대한 공헌을 한 작가적 천재성과 소설 속에 등장하는 인물을 사랑한' 개인 독자, 익명의 구독자, 친구들(헨리 워즈워스 롱펠로와 제임스 러셀 로웰도 있었다.)을 비롯해서 후원자들이 호손의 어려움을 덜어주기 위해 오백 달러를 모았다. 이 뜻밖의 횡재는 고향인 세일럼을 떠나고 싶은 호손의 마음을 더욱 부채질했으며, 급기야 호손을 '딴 세상 시민'으로 만들었다.

뉴햄프셔 주 맨체스터에 있는 농장과 메인 주 키터리에

있는 주택 등 많은 후보지 중에서 호손 부부는 레녹스에 있는 붉은 농장에 정착하기로 최종 결정을 내렸다. 호손이 세관 사무소 동료에게 언급한 대로 그 집은 '주홍 글자처럼' 붉었다. 태핀 가가 임대하는 넓은 땅 하이우드에 위치한 그 집을 소피아가 찾아냈다. 소피아의 친구이기도 한 태핀 부인이 호손 가족에게 그곳을 무상 임대하겠다고 제안했다. 호손은 다른 사람들의 배려에 기대어 사는 것을 부담스러워하며, 얼마 되지 않는 금액이지만 사 년 동안 지내는 임대 비용으로 75달러를 지불하기로 태핀 부인과 합의했다.

호손이 이런 준비에 적이 만족했을 거라고 짐작하지만, 성가신 일에서 모두 해방된 것은 아니었다. 이사 오자마자 심한 감기에 걸려 며칠 동안 꼼짝없이 침대에 누워 있어야 했다. 얼마 지나지 않아 그는 동생 루이자에게 편지를 보내 "여태껏 내가 살아본 거처 중에서 가장 불편하고 끔찍하다"라고 불평을 털어놓았다. 모든 역경 속에서도 가장 밝은 면을 보던 낙관주의자 소피아마저도 그 집을 두고 모친에게 일컫길 "겨우 열 발자국이 될까 말까 한 집"이라고 했다. 네 명 가족에게는 빠듯했고, 다섯 명이면 살기 어려운 집이었다. 집뿐만 아니라 주변 풍경도 호손을 불쾌하게 하는 데 큰 몫을 했다. 이사를 하고 여섯 달 뒤, 호손은 출판인 제임스 필즈에게 말한다.

이곳에서 너무 오래, 정나미가 떨어질 정도로 길게 산 것 같은 느낌이에요. 당신에게만 이야기하는 건데요, 버크셔는 죽도록 싫은 곳이에요. 또 겨울을 지낼 생각을 하니 끔찍하군요. (…) 이곳의 공기와 기후는 나와 영 맞지 않아요. 여기 살면서 인생 처음으로 무기력함과 의기소침함을 느꼈어요. 이 지방에서 내가 소유할 수 있는 거라고는 좁디좁은 오두막과 해변가 근처에 있는 천여 제곱미터 정도 되는 텃밭이죠.

이 년 뒤, 콩코드로 이주하고 한참이 지난 뒤에도 『탱글우드 이야기』의 서문에서 드러난 대로 그는 여전히 똑같은 불평을 하고 있었다.

하지만, 나는 말이죠, 저 넓은 목초지에서 특별하고 잔잔한 편안함을 느껴요. 풀은 어떤 강박관념으로 스스로를 구속하거나 낙인을 찍지 않기 때문에 산보다 좋아요. 지겨울 정도로 천천히 자라지만 매일 똑같은 감동을 줍니다. 산에서 보낸 몇 주간의 여름 시절. 푸른 목초지와 나지막한 능선에서 지낸 삶은 항상 새로운 모습으로 다가와요. 항상 과거의 기억을 잊게 하기 때문이에요. 그래서 내가 좋아하는 거예요."

사실 레녹스 지역을 아직 '탱글우드'라고 부르는 것은 모순이다. 탱글우드는 호손이 만들어냈으며, 지금 그곳에서는 해마다 그 이름을 딴 음악 축제가 열린다. 지독히도 싫어서 겨우 일 년 반 만에 도망치듯 떠난 사람이 실은 그곳을 영원히 마음속에 간직했던 것이다.

호손이 알았든 알지 못했든 그 시절은 그에게 최고의 시기였다. 지적이며 헌신적인 여성과 성공적인 결혼을 한 작가로 창작 열의가 최고조에 달했을 때, 호손은 채소를 기르고 닭 모이를 주며 오후에는 아이들을 돌보았다. 수줍음을 많이 타 아는 사람들과도 이야기하는 것을 꺼리며 늘 숨어 지내던 은둔자 호손은 버크셔에서 지내는 동안에도 대체로 혼자 지냈다. 우체국에서 우편물을 찾아서 집으로 돌아오는 일 말고는 시내로 외출하거나 사람을 사귀거나 하는 일을 피했다. 고독을 삶의 일부로 받아들이며 살던 그의 주위 환경을 고려했을 때 호손이 결혼을 했다는 사실은 놀라운 일이다. 네 살 때, 선장이었던 아버지가 수리남에서 사망한 뒤 평생 과부로 산, 쌀쌀맞고 가까이하기 어려운 어머니 밑에서 자라며 작가는 역사상 가장 혹독한 작가 견습을 받고 있었다. '우울의 성'으로 불리는 집에 십이 년 동안 자신을 속박했고, 뉴잉글랜드 농촌 길을 홀로 걸으며 지냈던 여름을 제외하고는 세일럼에서 지냈다. 그는 가족만으로도 충분했다. 아내와 마찬가지로 호손은 늦은 나이에 결혼했고, 이십이 년의 결혼 생활 동안 둘이 떨어져 지낸 적은 거의 없었다. 호손은 아내를 '피비' '비둘기' '내 사랑' '디어리시마' '세상 하나뿐인 당신'이라고 불렀다. 1840년 연애 시절 호손은 "간혹, 그때엔 마음을 따뜻하게 해줄 아내가 곁에 없었으므로" 그녀에게 편지를 보냈다.

마치 무덤 속에 누워 있는 것처럼 내 숨결이 얼음장처럼 차가워지고 무감각해질 때. (…) 드디어 비둘기 한 마리가 외로운 그림자 아래에서 모습을 드러냈어요. 나는 점점 비둘기에게 다가가 내 가슴을 열어젖혔죠. (…) 당신만이 유일하게 내가 심장을 가지고 있다는 사실을 깨우쳐줬죠. 당신만이 한 줄기 빛으로 내 영혼을 비쳐줬죠. 당신만이 내가 알던 내 모습이 고작 그림자에 불과했다는 것을 스스로 깨닫게 해주었죠. 나는 벽에 비친 그림자가 흔들리는 모습을 보며 내 진정한 모습이라고 착각했던 거죠. (…) 자, 이제 당신이 나에게 어떤 일을 했는지 알겠죠?

비록 그들은 고립된 채 살았지만 친척이나 친구 같은 방문객이 있었으며 몇몇 이웃과는 왕래를 했다. 그중에는 10킬로미터 정도 떨어진 피츠필드에 사는 서른두 살의 허먼 멜빌도 있었다. 이 두 작가 사이를 다룬 글이 많지만 그럴듯하게 들리는 이야기도 있고 황당한 이야기도 있다. 분명한 것은 호손이 특별한 애정을 품고 나이가 어린 멜빌에게 먼저 손을 내밀었으며 그와 교류하는 것을 매우 즐거워했다는 사실이다. 1850년 8월 7일에 친구인 브릿지에게 보낸 편지에 적힌 내용이다.

며칠 전에 멜빌을 만났는데, 그가 아주 마음에 들어 이곳을 떠나기 전에 며칠만 더 머물러 달라고 부탁했다네.

당시 멜빌은 그곳을 방문했고, 10월에 되돌아와 자신이 나중에 애로헤드라고 이름을 바꾼 피츠필드에 땅을 얻어

줄리언

버크셔 주민으로 등록했다. 그로부터 열세 달 동안 두 작가는 이야기를 나누고, 편지를 주고받고, 서로 작품을 바꾸어 읽고, 간혹 10킬로미터를 달려와 상대편의 집에 머물기도 했다. 멜빌을 '오무 씨'라고 농담처럼 부르던 소피아는 두 사람 사이의 우정을 말하며 언니인 엘리자베스에게 이렇게 편지를 썼다.

이보다 더 즐거운 일은 없어. 묵직하면서도 자상하고 다 이해하는 것처럼 침묵을 지키는 호손 앞에 앉아 떠들썩하게 생각을 쏟아내는 장래 유망한 작가를 지켜보는 일은 대단해. (…) 놀라운 건 말이야, 단지 가만히 듣는 것 말고는 아무것도 하지 않는 호손이 고해신부 같은 존재가 되었다는 사실이야.

멜빌은 호손과 호손의 작품을 만나면서 인생에 근본적인 전환점을 맞았다. 두 사람이 처음 만나기 전부터 멜빌은 이미 전통적인 해양 모험 소설, 백색 고래에 관한 이야기를 집필 중이었다. 하지만 호손의 영감 덕분에 변하기 시작했고 깊이를 더하며 확장되어, 급기야 미국 소설 역사상 가장 뛰어난 작품이라고 할 수 있는 『모비딕』으로 변모할

수 있었다. 그 책을 읽어본 독자면 다 알다시피, 첫 장에는
이렇게 쓰여 있다.

이 책에 아로새겨진 너새니얼 호손의 천재성을 추앙하며.

호손은 레넉스에서 지내는 동안 아무것도 한 일이 없었
지만, 자신도 모르는 사이에 멜빌의 뮤즈가 되었던 것이다.
임대 기간은 사 년이었지만, 소피아가 웨스트 뉴턴에서
우나와 로즈를 데리고 돌아오면서 『줄리언』이 끝났을 때,
호손은 집주인과 영역 문제로 사소하게 다투었다. 주택지
에 속한 나무와 숲에서 나오는 과일이며 산딸기를 딸 권리
가 있느냐 없느냐 하는 문제였다. 호손은 1851년 9월 5일
에 경쾌하면서도 신랄한 편지를 태펀 부인에게 보내면서
다소 무례할 정도로 따졌다.

아무튼, 원하시는 양만큼 빨리 가져가시기 바랍니다.
그렇지 않으면, 썩어가고 있는 자두 이야기를 나눠야 할지
도 모르겠네요.

그다음 날 태펀 부인이 자상하면서도 품위 있게 쓴 편

지를 보냈다. 소피아는 엘리자베스에게 그 편지를 가리켜 "품위 있고 아름답다"라고 말했다. 문제는 단번에 해결되었지만, 그때 호손은 이사를 마음먹었다. 얼마 지나지 않아 호손 가족은 이삿짐을 쌌고, 11월 21일에 그 집을 떠났다.

바로 일주일 전인 11월 14일, 『모비딕』의 초판본을 받고은 멜빌은 그날 마차를 몰아 붉은 농장으로 향했다. 호손은 레녹스에 있는 커티스 호텔에서 멜빌에게 저녁 식사를 대접하며 그 책을 받았다. 그때까지만 해도 호손은 그 야단스러운 헌사를 알지 못했는데, 누구라도 짐작할 수 있듯이 '천재성'이라는 예측하지 못한 언급에 깊이 감동했을 호손이 어떤 반응을 보였는지는 아쉽게도 기록에 남아 있지 않다. 하여간, 가족들이 이삿짐을 어지럽게 쌓아둔 집에 돌아오자마자 호손은 만사를 제쳐놓고 책을 읽었을 것이고 감명받았을 것이다. 멜빌에게 보낸 답장이 16일에 도착한 것을 미루어보아 호손이 시간을 다투어 집중해서 읽었음을 알 수 있다. 호손이 멜빌에게 보낸 편지는 대부분 유실되었지만, 멜빌이 호손에게 보낸 편지는 많이 남아 있다. 그중에서 다음은 미국 역사를 통틀어 길이 남을 만한 구절임은 물론이고, 이보다 더 자주 인용되는 구절도 없을 것이다.

바로 이 순간, 내 마음속에서 말할 수 없을 정도의 경계심이 일어납니다. 왜냐고요? 당신이 이 책을 너무나도 잘 이해했기 때문이지요. 저는 길 잃은 한 마리 양처럼, 나쁜 책을 한 권 써내려간 것뿐이었습니다. 당신과의 친교는 형언할 수 없습니다. 당신 곁에 앉아 식사를 하면 저는 고대 로마의 판테온 신전에서 신들을 만나는 것 같았습니다. (…) 호손, 당신은 어디에서 왔나요? 무슨 권리로 내 생명수를 마셨나요? 내 입술로 그 물을 적셔보았을 때, 아, 그것은 이제 내 것이 아니고 당신의 것이었습니다. 예전의 신은 저녁 식탁 위의 빵처럼 흩어졌고, 우리는 그 빵 부스러기가 된 느낌입니다. 이런 무한한 작가적 동지애. (…) 나는 당신을 알게 되었다는 기쁨을 고스란히 마음에 품은 채 예전의 세계와 작별할 겁니다. 당신을 알게 되었다는 사실이 성서가 말하는 인간의 불멸보다 더 마음을 움직입니다.

『줄리언』에 멜빌이 몇 차례 등장하기는 하지만, 이 소품의 주인공은 줄리언이며 아버지와 아들의 일상과 시골에서 보내는 소소한 시간이 중심이다. 극적인 요소는 찾아보기 힘든 단조로운 일상이어서 이보다 재미없고 지루한 내

용도 없을 것이다. 호손은 소피아에게 보여주려고 이 기록을 남겼다. 이 기록은 두 사람이 아이들에 관해 적어둔 별도의 공책에 담겨 있었다. 이 공책은 아이들도 볼 수 있었고, 간혹 그림을 그려놓거나 낙서를 하기도 했다. 부모가 써놓은 글자 위에 그대로 베껴 쓴 흔적도 있다. 호손은 이 기록을 아내가 웨스트 뉴턴에서 돌아왔을 때 보여줄 작정이었는데, 돌아오자마자 그녀가 가장 먼저 읽었던 것 같다. 소피아는 레녹스에 돌아온 지 사흘 뒤 모친에게 보내는 편지(1851년 8월 19일)에서 집으로 돌아오는 길을 묘사한다.

우나가 어찌나 피곤해하던지, 대니얼 웹스퍼의 눈처럼 움푹 파여 보였는데 붉은 농장을 보자마자 기뻐서 손뼉을 치고 소리쳤어요. 함박웃음을 눈에 머금은 호손이 달려왔고, 도저히 안을 수 없을 만큼 줄리언은 깡충깡충 뛰어올랐죠. (…) 우리가 떠난 날부터 호손이 줄리언과 지낸 모든 시간을 한 시간 단위로 기록했다는 것을 알았어요. 어떤 날은 뉴욕에서 신사들이 찾아와 다과를 즐겼어요. 그들이 호손과 줄리언을 데리고 멀리 나갔죠. 같이 소풍을 떠나 여덟 시가 되도록 돌아오지 않았어요. 내가 떠나기 전에도 멜빌이 이 신사들과 같이 온 적이 있었어요. 『주홍 글자』

의 저자를 만나겠다고 필라델피아 출신 퀘이커교 숙녀인 엘리자베스 로이드가 찾아오기도 했지요. 호손은 이 만남이 즐거웠대요. 제임스 씨도 두 번 찾아왔는데, 한 번은 온 가족이 같이 왔고, 또 한 번은 폭풍이 몰아칠 때 왔다고 하네요. 삼 주 내내 줄리언은 호손이 생각하고 글을 쓰는 동안에도 와자지껄하게 떠들어댔다고 해요. 둘은 호숫가에서 시간을 대부분 보냈는데, 내트의 배를 바다로 보내기도 했어요. (…) 줄리언은 간혹 수심에 빠져 애타게 엄마를 찾기도 했는데, 한 번도 화를 내거나 우울해하지는 않았대요. 호손의 일기는 우리가 돌아오던 날 아침에 죽은 불쌍한 아기 토끼의 기록이기도 해요. 욕실 바닥에서 첨벙거리고 뛰어다닌 것 외에는 왜 죽었는지 이유를 알 수 없어요. 토끼의 몸은 딱딱하게 굳어져 있었지요. 피터스 부인은 한껏 웃으며 열렬하게 나를 맞아주었어요.

1864년에 호손이 세상을 떠난 다음 호손의 출판인이자 〈애틀랜틱 먼슬리〉의 편집자인 제임스 필즈는 소피아에게 호손의 기록에서 일부를 선별하여 잡지에 싣자고 제안했다. 1866년에 열두 차례 연속으로 게재되었다. 『줄리언』을 포함한 글을 발표할 차례가 될 즈음에 소피아는 줄리언의 의견을 먼저 물어봐야 한다며 주저했다. 물론 줄리언은 반대하지 않았지만, 소피아는 꺼려했다. 소피아는 좀 더 생각해본 뒤 호손은 "개인적인 가정사를 대중에 공개하는 것을 원하지 않았을 텐데 저 스스로도 그걸 출간할 생각을 했다는 데 놀랐어요"라고 필즈에게 해명하며 출간을 반대했다. 1884년 줄리언이 『너새니얼 호손과 그의 아내』라는 책을 펴내면서 『줄리언』의 몇 편을 소개했다. 줄리언은 아버지와 보낸 삼 주를 언급하면서 "어린아이 입장에서는 평온한 날의 연속이었지만, 아버지에게는 때때로, 힘든 노동이었음에 틀림없다"라고 속내를 드러냈다. 줄리언은 그 일기 전체를 "지금까지 볼 수 없던, 독창적이며 진기한 기록"이라고 했지만, 1932년 랜덜 스튜어트가 처음으로 『아메리칸 노트북』을 학술적으로 집대성하기 전에는 『줄리언』이 대중에게 전혀 알려지지 않았다. (줄리언이 제안한 대로) 그 기록은 분리된 책이 아니라 팔백 쪽에 이르는 1835년부터 1853년까지를 포괄하는 통합본의 한 부분으로 존재했던 것이다.

그러면 왜 이제 와서 독립된 작품으로 출간되었는가? 쓰인 지 백오십 년이 지난, 거창하기는커녕 소박하기 이를 데 없는 이야깃거리를 담은 산문을 왜 주목하는가? 내가 감히 작품을 대신하여 그 탁월함을 설득력 있게 대변할 수 있기를 바란다. 오히려 소품이기 때문에 이 작품은 더 위대하며 나아가 독자를 즐겁게 하는 위대한 문장력을 보여준다. 『줄리언』은 치명적일 정도로 우울한 작가가 쓴 명랑 쾌활한 작품이며, 어린아이와 시간을 보낸 사람이면 누구라도 호손의 표현이 정확하고 진솔하다는 것을 알게 될 것이다.

19세기 중반에 뉴잉글랜드에 사는 초월론자 입장에서 보더라도 우나와 줄리언은 특이한 방식으로 양육되었다. 레녹스에 살면서 학교 갈 나이가 되었지만 엄마는 다른 아이들과 어울리는 것을 좀처럼 허락하지 않았고 두 아이를 모두 집에서 가르쳤다. 결혼한 다음 콩코드에 살면서 에덴 같이 비밀스러운 분위기를 만들려고 했던 두 사람의 노력은 부모가 되어서도 이어졌다. 소피아는 멀리 떨어진 모친에게 편지를 쓰면서 웅변조로 자신의 양육 철학을 이렇게 설명한다.

아, 사랑 대신 가혹함과 엄격함으로 아이들을 대하는 사람들이여! 마치 신처럼, 아니면 솔로몬처럼 흉내 내기를 좋아하는 사람들이여, 정말로 잘 행동하고 있다고 믿는 사람들이여, 당신들이 얼마나 소심한지 아는지. 무한대의 인내심, 끝없는 부드러움, 한없는 아량은 아무리 많아도 부족하지 않으리, 할 수 있을 만큼 베풀어야 하리라. 무엇보다도 권위에 대한 자존심은 부모에게 아무 데도 쓸모없다네. 분명하건대, '권위에 대한 자존심'이 제일가는 장애물이며, 결코 빠져들어서는 안 되는 것이네. 바로 여기에서 따가운 질책, 냉엄한 비난, 화가 비롯된다네. 아이들에게 그러고 나면 애정 어린 연민, 교감을 나누는 동정이 따라오게 된다네. (…) 하지만 섣부른 판단과 사소한 악행은 얼마나 치유하기 힘든 것인가! 아이들이 못된 짓을 해도 나는 마음 상해하지 않는다네. 그러면 그것을 보고 아이들은 바람직한 일을 해야 한다는 것을 스스로 깨닫게 된다네. 관용과 애정은 엄청난 차이가 있다네.

호손은 가족과 집안일을 아내에게 맡긴 채 아이들을 키우는 일에 그다지 적극적이지 않았다.

"만약 아빠가 글을 쓰지 않았다면, 얼마나 좋을까."

어느 날 아빠에 대해 우나가 한 말을 줄리언이 인용했는데, 그에 따르면 "아이들이 느꼈던 아버지의 글쓰기는 대략 이러했다. 아이들과 함께 있으면 아버지의 작업은 쓸데 없는 일이 되었는데, 그것은 아버지의 책은 물론이고 다른 작가의 책에도 현실에서의 인간관계를 대신할 수 있는 그 어떤 순간도 없었기 때문이다." 글쓰기가 끝나면 호손은 전형적인 부모와 달리 친구처럼 아이들에게 다가가기를 좋아했다.

우리 아버지는 대단한 나무 타기 선수예요. 그리고 마술사 흉내 내기를 정말 좋아했어요. 조금 전까진 이끼를 깔고 앉아 우리 곁에 있다가도, 눈 감아! 하고 아버지가 외치고 난 뒤 이것 봐라! 하고 소리치면서 가장 높은 나뭇가지에 오른 다음 도토리를 나무 아래로 뿌려줬어요.

이 시기부터 작성된 서간문과 일기에서 소피아는 자주 두 아이들과 같이 지내는 호손의 모습을 묘사했다. 소피아는 자신의 어머니에게 편지를 쓰면서 "태양 아래 나무 그늘에 호손이 누워 있으면 우나와 줄리언은 긴 풀잎으로 호손의 턱과 가슴을 털처럼 꾸며서 천하장사 피터팬으로 만들었지요"라고 말한다. 며칠 지나 어머니에게 보내는 편지에서 또 이야기한다.

줄리언

하프같이 아름다운 마음을 품은 우나가 아빠를 사랑하는 마음이 나날이 커져서 (…) 아빠가 호수로 데려가지 않았다고 우울해했어요. 아빠가 없다는 것은 우나에게 태양이 사라지는 것과 같죠. 왜 줄리언처럼 산책을 즐기지 못하느냐고 물어보자 우나가 대답했어요.

"줄리언은 나만큼 아빠를 좋아하지 않는단 말이에요." (…) 줄리언을 잠자리에 들게 한 다음에 나는 닭이 잘 있는지 보려고 헛간으로 갔고 우나도 같이 가고 싶어 했어요. 우나는 아빠가 건초 더미에 앉아 있는 모습을 보고 마치 바늘에 실처럼 찰싹 달라붙었고, 아빠와 더 오래 함께 있고 싶다고 했죠. 황혼이 자아낸 장밋빛과 금빛에 한껏 마음을 빼앗긴 우나는 그제야 기운이 빠져 침대에 들어갔어요. 이런 아빠와 눈앞에 펼쳐진 풍광, 그리고 그걸 누릴 수 있는 아이에게 바랄 게 더 있을까요? 어느 날 우나와 줄리언이 아빠의 미소를 두고 이야기하는 것을 들었어요. 아이들은 다른 사람의 미소도 이야기를 했지요. 제 추측에는 아마도 태펀 씨였을 거예요.

"줄리언, 너도 알겠지만 말이야. 아빠 미소를 따라갈 사람은 없어!"

우나가 말하자 줄리언이 맞장구를 쳤어요.

"아, 그럼. 아빠 같은 사람은 없어!"

우나가 서른셋의 나이로 세상을 떠나고 몇 년이 지난 1904년에 토머스 웬트워스 히긴슨은 유명 잡지인 〈아웃룩〉에서 우나를 추도했다. 히긴슨은 우나의 말을 다음과 같이 인용한다.

아버지는 내가 지금까지 본 사람 중에서 가장 유쾌한 사람이었어요. 마치 소년 같았죠. 이 세상에서 아버지와 같은 친구는 더 없을 거예요.

『줄리언』 속에 이 모든 영혼이 담겨 있다. 호손 가족은 진정으로 진보적이었고, 부부가 자녀를 대하는 방식이 현재의 미국 일반 중산층과 대부분 일치한다. 엄격한 훈육이나 체벌, 거친 질책이 전혀 없다. 호손의 아이들이 주의가 산만하고 통제 불능이라고 하는 사람들도 있겠지만, 소피아는 그 아이들을 모범적인 존재로 여겼다. 자신의 어머니에게 지역 횃불 축제 소식을 알리는 안부 편지에서 행복에 찬 목소리로 말한다.

아이들이 어쩌나 좋아하는지 마치 세상을 다 가진 것처럼 행복해했어요. 줄리언처럼 훌륭하고 우나처럼 예쁜 아이도 없을 거예요. 필드 부인도 "아이들이 부끄럼도 타지 않고 그렇다고 버릇이 없는 것도 아니네요. 참 잘 자랐어요"라고 하더군요.

여기서 "참 잘 자랐어요"라는 말은 당연히 관점의 문제다. 사물을 관찰하는 데 늘 아내보다 더 엄격한, 본능이든 습관이든 자신의 생각을 포장할 줄 모르는 호손은 줄리언이 성가시게 하는 일을 아주 솔직하게 이야기한다. 이 주제는 일기의 첫 장에서부터 다루어지며 스무 날 동안 반복적으로 등장한다. 줄리언은 엄청난 수다꾼이어서 다변증이 있다고 할 정도인데, 소피아가 떠나고 나자 호손은 일찌감치 이렇게 불평하기 시작했다.

글을 쓸 수도 읽을 수도 생각할 수도, 심지어 잠을 잘 수도 없게 여러 가지 방식으로 까불었다.

두 번째 밤, 줄리언의 입에서 끊임없이 쏟아지는 수다에 대해 한 번 언급했던 호손은 줄리언을 재우고 말한다.

이 녀석에게서 벗어날 수만 있다면 얼마나 좋을까? 오늘 처음으로 아이의 세상에서 해방된 기분을 느낀다. 이보다 좋은 일은 없을 테지.

닷새가 지난 8월 3일, 그는 다시 한 번 똑같은 주제를 이야기한다.

평소에 비해 요즘 내 인내심이 줄었거나 아니면 이 악동이 요구하는 게 더 많아졌거나 둘 중 하나다. 분명한 것은 보통 아빠가 감내해야 하는 것보다 질문을 많이 던져서 평상시보다 더 찾아보게 하고 생각하게 한다는 것이다.

8월 5일에는 이렇게 기술되어 있다.

줄리언이 언제 아팠느냐는 듯이 내 잭나이프로 뭔가를 열심히 깎다가 묻는다.
"아빠, 만약에 가게에서 잭나이프를 몽땅 샀는데 다 망가지면 어떻게 할 거예요?"
"그럼 다른 가게에 가야지."
하지만 이 정도로는 어림도 없다.

줄리언

"만약에요, 이 세상에 있는 잭나이프를 모조리 샀는데도 그러면요?"

그러다 인내심이 한계에 도달하여 바보 같은 질문은 그만해달라고 부탁한다. 난 진심으로, 엉덩짝을 때려서라도 그 버릇을 고쳐야 옳다고 생각한다.

8월 10일에 다시 말한다.

아이의 말에 이렇게 시달려본 사람이 있을까. 저를 축복하소서!

이런 소소한 사건은 이 작품의 매력이기도 하고 참모습이기도 하다. 아무리 멀쩡한 사람이라도 기력이 왕성한 아이의 성화에 잠시라도 녹초가 되지 않을 수 없다. 한없이 평화롭던 호손의 일상 기록은 여름 동안의 개인적인 추억, 그 이상으로 승화되었다. 이 작품 속에는 과도한 기지나 자극은 없으며 분명히 질리지 않는 달콤함이 있다. 호손이 자신의 잘못이나 어두운 면을 대충 얼버무리지 않고 지극히 사적인 공간을 뛰어넘어 더 인간적이고 보편적인 공간으로 끌어올렸기 때문이다. 다시 인내심을 잃을 정도로 화가 나더라도 아이의 수다를 넘길 만할 때까지 참는다. 그러고는 손 대신 펜으로 시냇물처럼 자연스럽게 그 일상을 기록한다. 대체로 그는 놀라울 정도의 관용을 베풀었는데, 마구 변덕을 부리며 무모한 장난을 일삼고 마구 떠들어대는 다섯 살짜리 아이 줄리언을 언제나 평정심을 유지한 채 대했다. 선뜻 "하지만 참 상냥하고 애교가 많은 아이라, 성가시긴 해도 정말이지 재미가 있었다"라고 말한다. 온갖 어려움과 짜증에도, 호손은 자신의 아들을 고삐에 심하게 묶어두려 하지 않았다. 5월에 로즈가 태어난 다음 줄리언은 집 안에서 까치발로 다녀야 했고 속삭이듯이 말해야 했다. 그러다 줄리언은 "마음껏 소란을 피울 수" 있게 되었다. 호손은 줄리언이 자유를 마음껏 즐기고 있다고 말하며 그동안 소동을 피우지 못해 몸이 근질거렸던 줄리언을 측은하게 생각했다. 호손은 이틀째 되는 날에 "줄리언이 아무리 소란을 피워도 제지하지 않기로 했다"라고 쓴다.

줄리언 말고도 짜증 나게 하는 일이 더 있었다. 7월 29일 아내 없이 아이를 보던 호손은 예상치 못하게 폭발하고 마는데, 계속되는 강박증 때문에 성질을 부리며 불평을 쏟아냈다.

정말이지 너무 끔찍한 기후다. 단 십 분만에 아주 추웠다가 아주 더울 수는 없다. 항상 이것이 아니면 저것이다. 그리고 늘 변하지는 않는 결과는 질서의 무참한 교란이다. 싫다! 싫어!! 정말 싫다!!! 진심으로 버크셔가 싫고 산들이 아주 닳아 없어지면 기쁘겠다.

8월 8일 핸콕 근처에 있는 셰이커교도 마을에 멜빌을 비롯한 지인들과 바람 쐬러 갔을 때도 그 동네를 두고 냉정하고 차가운 언급을 했다.

청결하고 깔끔한 척하는 이면에 얇디얇은 천박함이 숨어 있다는 것을 보여준다. 셰이커교도들은 추잡스럽기 짝이 없다. 그리고 사생활이라고는 철저하게 없다. 남자 사이의 친밀한 관계나(두 남자가 태연히 한 침대에서 자기도 한다.) 한 남자가 다른 남자를 감시하는 이런 행동은 생각하기도 싫고 구역질이 난다. 이런 곳은 일찌감치 사라져버리는 편이 낫다.

이런 야유를 실컷 퍼부은 다음 줄리언이 그곳에서 용변이 마렵다고 하자 칭찬을 하면서 말한다.

이 오지에서 줄리언이 기분 좋게 뛰어 놀고 춤추기는 했지만 진정으로 즐거워하지는 않았다. 나 또한 줄리언이 멍청한 셰이커교도들과 그 지역을 염려(그들이 가치 있다고 생각하는 덕목이기도 하다.)하는 것에 간섭할 마음도 없었다.

이 정도로 심하게는 아니지만, 호손은 이웃이자 집주인 인 캐롤라인 태편에게도 업신여기는 마음을 품었고 불평을 늘어놓았다. 예전부터 반감이 있었음을 암시하는, 두고두고 오래 앙금이 남은 '치욕의 과일 사건' 이전 몇 달은 잘 지냈다. 소피아가 없는 동안 호손에게 태편 부인이 그런 행동을 했다고 하는 전기 작가도 있다. 아니면 호손이 자극해서 태편 부인이 그렇게 했다고도 한다. 호손과 줄리언 은 토끼가 넓은 집에서 살면 더 행복해질 것이라고 생각해 서 태편 가족에게 주었지만, 개가 토끼에게 겁을 주고, 태편 가족의 작은딸이 토끼를 괴롭히는 등 여러 가지 이유로 새로운 이주는 이루어지지 않았다.

태편 부인은 토끼를 마셜 버틀러에게 주든지, 아니면 (내가 토끼를 없애려고 하는 것에 대한 대안으로) 숲 속에서 자력으로 살게 하자고 제안했다. 이 생각에는 다른 사람이 처한 고통이나 불행을 안쓰럽게 느낄 때 드러나는 세심함이 있었다. 불길한 예감이 감돌지만, 고통과 불행이 눈앞에서 사라지고 나면 편안해질 것이었다. 태펀 부인이 토끼를 죽일 작정이었다고는 생각하지 않는다. 비록 양심의 가책이나 미안함 없이 토끼를 굶길 생각이었지만 말이다.

드물게 불쾌함과 노여움의 일화가 기록되어 있지만『줄리언』의 분위기는 평화롭고 침착하며 전원풍이다. 매일 아침 호손과 줄리언은 이웃 농장에 우유를 얻으러 갔다. 둘은 '가짜 전쟁'을 치렀고, 오후에 레넉스 우체국에서 편지를 찾아온 다음 자주 호숫가로 나가 산책했다. 오가는 길에서 줄리언이 제일 좋아하는 장난인 '엉겅퀴와의 전쟁'을 감행했다. 엉겅퀴를 공룡으로 여기며 나뭇가지로 마음껏 두들겼다. 두 사람은 꽃을 꺾고 까치밥나무 열매를 모으고 정원에서 강낭콩과 여름 호박을 땄다. 호손은 줄리언에게 신문을 돛으로 삼은 임시변통 배를 만들어 주었고, 물탱크에 빠진 익사 직전의 고양이를 구해냈으며, 호숫가에 가서 물수제비를 날렸고, 모래밭에서 진흙 장난을 했다. 호손은 매일 아침 줄리언을 목욕시켰고, 좀처럼 만족스럽지는 못했지만 열심히 줄리언의 머리카락을 말았다. 8월 3일에는 줄리언이 침대를 온통 적시는 사건이 생겼고 같은 달 5일에 말벌에 쏘이기도 했다. 13일과 14일은 복통과 두통에 시달렸고, 6일에는 줄리언이 집으로 돌아오는 길에 오줌보가 터지기도 했는데, 호손은 이날을 떠올리며 "뒤에 멀찌감치 떨어져 가는데 악을 쓰는 소리가 들려 가까이 가보니 두 다리를 벌린 채 걷고 있었다. 불쌍한 줄리언! 속바지가 엉망이었다"라고 말한다. 완벽하게 익숙하지는 않았지만, 서서히 아빠는 엄마가 되어갔고, 두 주가 다 지나가던 8월 12일에 줄리언이 사라졌을 때 호손은 철저하게 그 역할을 깨닫게 되었다.

저녁 식사 후 나는 책을 가져와 안방에 앉았다. 엄마가 떠나고 처음으로 줄리언이 한 시간 동안 알지 못하는 곳으로 사라져버렸다. 이제는 줄리언을 찾아야 할 때라고 생각했다. 내 곁에 줄리언이 없다는 사실이 엄마들이 할 법한 걱정을 하게 했다. 그래서 헛간으로 달려갔고, 까치밥나무 숲을 뒤지고 집 주위를 돌아다니며 소리를 쳤다. 아무 반응이 없었다. 찾을 방법을 몰라 짚 더미에 앉아 망연자실하고 있었다. 하지만 머지않아 줄리언이 싱글거리는 얼굴로 주먹을 꼭 쥐고서는 집으로 달려오더니 뭔가 나한테 좋은 것을 들고 왔다고 말했다.

8월 8일에 멜빌과 셰이커교도 마을을 방문한 것 외에, 둘은 늘 집 근처에 머물렀다. 호손은 아들의 눈을 통해 그 일을 기록하면서 줄리언에게 엄청난 경험이었다고 말한다. 일행이 돌아오는 마차 위에서 길을 잃고 레넉스 근처에서 헤맨 적도 있었다.

마을을 벗어났을 때는 해가 진 지 오래였다. 보름달이 떠 있었지만 아주 어두웠다. 이 꼬마는 마치 산전수전 다 겪은 방랑자 행세를 했다. 줄리언은 허먼 멜빌과 에버트 듀이킹크 사이에 앉았다. 앞자리에 앉아 가끔씩 뒤돌아 나를 보며 기이한 표정으로 미소를 보냈고 손으로 나를 쓰다듬어주었다. 마치 언젠가는 죽음을 맞이할 방랑자가 사상 최악의 모험을 겪으며 헤쳐나갈 때 우러나오는 공감대 같아 보였다.

다음 날 줄리언은 호손에게 아빠와 엄마, 우나만큼이나 멜빌이 좋다고 말했다. 호손 가족이 버크셔를 떠난 다음인 여섯 달 뒤 멜빌이 줄리언에게 보낸 편지를 보면, 그 마음은 짝사랑이 아니었다. 멜빌은 피츠필드 숲의 눈보라를 회상하며 따뜻한 작별 인사를 남겼다.

너처럼 귀여운 친구가 내 기억에 있다는 것이 한없이 기쁘단다. 아버지에게 안부 전해주렴, 줄리언 군. 잘 지내기 바라고, 언제나 신의 가호가 있기를 바라고, 착한 아이, 훌륭한 어른이 되길 빈다.

총각 아닌 총각으로 지낸 삼 주 중에서, 8월 1일에 서른두 번째 생일을 맞이한 멜빌이 처음으로 레녹스에 찾아왔을 때 호손은 가장 즐거웠다. 그날 오후 호손은 줄리언과 함께 우체국에 들렀다 집으로 돌아가는 길에 한적한 곳에서 신문을 읽고 있었다.

말에 올라탄 기사가 길을 따라와서 나에게 스페인어로 인사를 했다. 나는 모자를 만져 가볍게 인사를 한 다음 다시 신문을 읽기 시작했다. 그런데 그 기사가 한 번 더 인사하기에 그제야 나는 자세히 훑어보았다. 허먼 멜빌이었다!

두 남자는 붉은 농장을 향해 함께 2킬로미터 가까이 걸었고 멜빌의 말에 올라탄 줄리언은 기뻐서 어쩔 줄을 몰랐다. 『아메리칸 노트북』에서 가장 자주 인용되는 문구가 시작됐다.

저녁을 먹고 나서 줄리언을 잠자리에 들게 했다. 멜빌과 나는 시간, 영원함, 이 세상과 그다음 세상, 책, 출판업자, 가능한 문제, 불가능한 문제를 두고 밤이 깊도록 이야기했다. 굳이 사실을 이야기하자면, 거실이라는 신성한 구역에서 시가를 피웠다. 드디어 그는 자리에서 일어나 헛간에 매둔 말의 안장에 올라 자신의 거처로 떠나갔다. 나는 아주 조금 허락된 시간 동안 잠을 자두려고 서둘렀다.

활기 없던 보통의 날들에 비하면 놀라운 순간이었다. 줄리언을 돌보지 않는 시간에 호손은 편지를 쓰거나 『블라이스데일 로맨스』 집필을 시작하면서 읽기 시작한 샤를 푸리에의 책을 뒤적이거나 내키지는 않았지만 윌리엄 새커리의 『펜데니스』를 훑어봤다. 이 일기는 주변 풍경의 변화를 정교하게 기술한 부분이 많다. 여느 소설가들보다 호손은 더 정밀하게 세상을 보았다. 우스꽝스러워하다가 점점 동정하는 쪽으로 기울어진 애완 토끼 '뒷다리'에 대한 묘사는 불행하게도 끝까지 이어지지 못했다. 하지만 호손은 고독이 점점 깊어지면서 아내가 어서 집으로 돌아오길 바라게 된다. 마지막 주가 시작되면서 그 감정은 끝없는 고통이 된다. 8월 10일 밤, 줄리언을 재우고 나서 호손은 자기도 모르게 그리움과 헌신을 열광적으로 분출했다.

이번만은 진정으로 말하건대, 줄리언은 제게 둘도 없이 사랑스럽고 귀여운 아이이며, 제가 할 수 있는 것을 모두 해주고 싶을 만큼 사랑하는 아이랍니다! 감사합니다, 하느님! 이 아이를 축복해주십시오! 이 아이를 낳아준 피비를 보살펴주십시오! 피비는 이 세상 최고의 아내며 어머니입니다! 제가 보고 싶어 하는 우나도 축복해주십시오! 로즈버드도 축복해주십시오! 피비를 다시 한 번 축복해주십시오! 이 세상에 더 나은 아내와 아이들은 없을 겁니다. 저에게 과분합니다!

그리고 이렇게 마무리한다.

홀로 보내는 저녁은 따분하고 외로웠다. 읽고 싶은 책이 없어 휴식을 취했다. 아홉 시가 되어 피비를 생각하며 잠자리에 들었다.

호손은 아내가 13일에 올 줄 알았지만 14일, 15일 계속 미루어졌고, 이런저런 이유와 잘못 전달된 소식 때문에 소피아는 16일이 되어서야 웨스트 뉴턴에서 출발할 수 있었다. 점점 걱정이 되고 화가 났지만 호손은 꾸준히 일기를 써내려갔다. 바로 마지막 날, 호손은 줄리언과 함께 호숫가로 산책을 나가 물가에 앉아 잡지를 읽었는데, 우연하게 어떤 간략한 서평에서 자신의 글에 담긴 정신과 작법에 대해 정확하게 언급된 것을 보고 감동을 받는다.

자연에서 선명한 인상과 감동을 얻는 가장 좋은 방법은 그 속에 앉아 독서를 하거나 사색에 잠기는 것이다. 그러면 자연의 풍광에 빨려 들어갈 것이며, 자신이 알지도 못하는 사이에 자연을 받아들이고 자연이 그 모습을 바꾸기 전에 참모습을 보게 될 것이다. 하지만 그 효과는 우리가 알아채자마자 한순간도 지나지 않아서 사라질 것이다. 그래도 그 순간이 바로 현실이다. 마치 나무와 나무가 나누는 대화를 엿듣고 이해해서 베일에 가려진 비밀의 얼굴을 보는 것과 같다. 비밀은 숨을 한 번, 두 번 쉬는 동안 드러났다가 바로 다시 예전의 모습으로 숨어버린다.

자연과 함께 있으면 어른이 자연에 동화되듯이, 아이들도 더 말할 나위 없이 자연과 하나가 된다. 아이들은 항상 변하며, 늘 움직이기 때문에 '알지도 못하는 사이에' 그들의 본질을 알게 된다. 그 순간은 의식적으로 찾으려고 하지 않을 때 찾아온다. 이 점이 바로 호손이 쓴 이 소품의 아름다움이다. 지쳐 나가떨어지게 만드는 다섯 살짜리 아이와 함께하면서 호손은 종종 아이의 참뜻을 알아챘으며 평생 마음속에 간직할 말을 찾았다. 한 세기하고도 반이 지난 지금 우리도 그 과정을 경험한다. 하지만 나는 사진을 찍고 비디오를 촬영하는 것보다 언어가 더 낫다고 생각한다. 언어는 시간이 지나도 변하지 않기 때문이다. 물론 렌즈의 초점을 맞추고 셔터를 눌러 사진을 찍는 시간보다 진솔한 한 문장을 쓰는 데 더 노력이 필요하다. 그렇지만 그만큼 언어는 깊이가 있다. 사진은 어린아이의 얼굴이나 풍경 같은 사물의 표피 이상은 표현하지 못한다. 무엇보다도 사진에는 영혼이 없다. 바로 이 때문에 『줄리언』이 주목을 받을 만하다. 호손은 자신만의 겸허하고 진지한 방식으로 여느 부모가 바라는 바대로 아이들을 무럭무럭 잘 키우기 위해 혼신을 다했다.

폴 오스터

2002년 7월

베일에 가려 있던 거장의 참모습

『줄리언』은 두 가지 사랑에서 비롯되어 세상의 빛을 보게 되었다. 첫 번째는 자식을 향한 아버지의 내리사랑이고, 두 번째는 그 아버지를 향한 한 작가의 사랑이다. 벌써 짐작했겠지만 그 아버지는 너새니얼 호손이고 그 작가는 현존하는 미국 최고의 작가로 인정받는 폴 오스터다. 다른 말로 하자면 두 번째 사랑은 한 거장을 향한 다른 거장의 짝사랑이라고 할 수 있겠다. 폴 오스터의 각별한 관심이 없었다면 영원히 빛을 보지 못했을지도 모를 책이기에, 우선 그 짝사랑이 과연 어느 정도인지부터 살펴보지 않을 수가 없다.

헤밍웨이가 미국 소설의 원조를 『허클베리핀의 모험』이라고 했다면 폴 오스터는 『주홍 글자』라고 〈파리 리뷰〉와의 인터뷰에서 당당히 밝힐 정도로 너새니얼 호손을 향한 애정이 남달랐다. 폴 오스터의 사랑은 급기야 자신의 작품 속에서도 그대로 반영되기에 이른다. 대략 대표작 두 권만

봐도 알 수 있는데, 처녀작인 『뉴욕 삼부작』 중 「유령들」은 호손의 단편소설 「웨이크필드」의 구조를 20세기식으로 그대로 변주한 것이다. 갑자기 집에서 사라진 남편은 무려 이십 년 동안 숨어서 자신의 아내를 몰래 관찰한다. 기다리다 지친 아내는 남편을 죽은 것으로 간주하고 미망인이 된다. 하지만 그들은 마지막에 재회한다. 호손이 「웨이크필드」를 해피엔딩으로 끝맺은 반면 폴 오스터는 주인공이 자신의 분신 같은 존재를 관찰하다 비극적 결말을 맺도록 만든다. 또한 폴 오스터는 『환상의 책』에서 너새니얼 호손의 「모반」 속 대사를 재현하기도 했다. 주제적인 면을 보더라도, 호손이 태어날 때부터 지니게 된 모반을 없애려는 등장인물을 통해 완전함을 추구하는 인간의 어리석음을 보여준 것처럼 폴 오스터도 현대적 배경에서 그 문제를 재조명했다.

폴 오스터가 왜 너새니얼 호손에게 집착했는지 밝히는 임무를 영문학자의 몫으로 남겨놓는다고 하더라도 이런 짝사랑 때문에 『줄리언』이 현재의 독자들의 품속에 안기게 되었다는 점을 상기할 필요는 있다. 그는 얼음장처럼 냉정하고 그믐날의 달빛처럼 음울한 내면을 품은 냉혈한이라고 여겨졌던 너새니얼 호손의 새로운 이면, 더 나아가 너새니얼 호손의 참모습을 보여주기 위한 노력을 기울인 것이다.

　미국 브라운 대학의 랜덜 스튜어트 교수가 쓴 『너새니얼 호손 전기』(1948)에 따르면, 폴 오스터의 노력은 너새니얼 호손이 고상하고 위대한 작가로 남아 있기를 원했던 호손의 부인 소피아와 직접적인 대립각을 세우고 있다. 폴 오스터가 서문에서 밝힌 대로 『줄리언』이 포함된 호손의 일기는 호손의 유언에 따라 뉴욕 피어몬트 모건 도서관에 보관되었는데, 스튜어트 교수는 그 일기들이 누군가에 의해 변조되었다는 사실을 연구 중에 발견하게 되었다. 놀랍게도 그 변조의 주인공은 다름 아닌 소피아였다.
　다행스럽게도 적외선 램프 덕에 지워진 부분과 변조된 부분은 무사히 복원되었다. 그러면 왜 소피아는 그런 행동을 했을까? 결론부터 말하자면, 소피아는 너새니얼 호손의 진솔한 모습을 외부에 노출하는 것을 극도로 꺼려했다. 소피아는 너새니얼 호손이 독실한 청교도로 보이기를 원했다.
　소피아 때문에 우리는 아직도 호손이 독실한 청교도라는 인식을 버리지 못하고 있다. 하지만 독실한 청교도는 너새니얼 호손이 아니라 소피아 자신이었다. 그 변조의 단적인 예로, 허먼 멜빌이 호손의 집을 방문했을 때 거실에서 시가를 피우는 장면이 나오는데, 이 장면은 복원되기 전 잉크로 까맣게 지워져 있었다. 소피아는 거실에서 버젓이 시가를 '꼬나물고' 있었을 호손의 솔직한(?) 모습을 보여주기 싫었던 것이다. 아내가 없는 틈을 타 거실에서 친우와 함께 시가를 물고 있었을 너새니얼 호손을 상상해보라. 주위에서 쉽게 볼 수 있는 평범한 아버지의 모습이 떠오르지 않는가?

만일 스튜어트 교수의 집요함과 폴 오스터의 애정이 없었다면 우리는 반쪽짜리 너새니얼 호손을 아직도 진정한 너새니얼 호손이라고 믿으며 살고 있을지도 모른다. 다행스러운 일은 과학의 힘을 빌려 거장의 참모습을 찾았다는 점이다. 이 책의 저본은 스튜어트 교수의 복원판이니 안심하기 바란다.

여기서 잠깐 허먼 멜빌에 대해 언급하는 편이 좋을 듯하다. 독자들은 폴 오스터의 해설에서 소피아가 멜빌을 일컬어 '오무 씨'라고 명명한 것을 기억할 것이다. 오무 씨라고 부른 것에 대한 별다른 언급이 없기 때문에 그 의미를 짐작하기는 어렵다. 다만 말이 없는 호손이지만 젊은 작가 멜빌이 오면 정답게 맞아주었다는 것, 친절하긴 했지만 묵묵히 듣고만 있었을 호손을 멜빌이 이상하게도(?) 거의 신격화했다는 점은 사실로 받아들일 수 있다. 더군다나 『모비딕』의 헌사에서 호손을 천재라고 불렀으니 멜빌이 호손을 대하는 태도가 어떠했는지 짐작할 수 있다. 그러면 왜 멜빌은 호손을 이다지도 우러러봤던 것일까?

역자는 여기서 단초가 되는 것이 소피아가 지칭한 '오무'라고 조심스럽게 제시한다. 오무는 멜빌의 동명 소설의 제목인데, 이 소설은 『모비딕』과 마찬가지로 해양 소설이다. 그 소설에는 타히티 섬으로 항해하는 선원의 이야기가 담겨 있다. 여기서 주목해야 하는 점은 오무가 타히티의 포마레 2세가 저질렀던 '자연의 법칙'에 어긋난 행위를 가리킨다는 것이다. 그 행위가 무엇을 뜻하는지는 배 안에서 벌어진 일과 관련 있다. 그러면 망망대해 배 안에서 어떤 일이 벌어졌던 것일까?

영문학자 릭터 노턴 박사의 주장에 따르면, 열일곱 살 때부터 선원으로 살았던 멜빌은 자신의 첫 소설 『타이피』에서 자신의 동료 선원인 리처드 토비아스 그레니와의 동성애적 관계를 빗대어 묘사했다. 멜빌은 거기에서 멈추지

않고 다른 소설『레드번』에서 선원인 잭슨과 볼턴 사이의
은밀한 관계를 다루었다. 이것이 전부가 아니다. 1851년 호
손이 읽었다고 기록된『흰색 재킷』에서 멜빌은 배를 가리
켜 "심연 속 나무 벽으로 둘러싸인 고모라"라고 고백했다.
『모비딕』에서 이슈마엘과 퀴퀘그가 한 침대를 쓰는 장면
을 연출한 것만 보더라도 독자들은 짐짓 짐작할 수 있다.
『빌리 버드』에서는 남성 간의 삼각관계를 다루기도 했다.
다소 받아들이기 불편한 주장이라고 생각할 수도 있겠지만
동성 사이의 애정을 삶의 한 양상으로 인정하기 시작한 21세
기를 사는 우리로서는 그 당시 멜빌이 그런 묘사를 대담
하게 했다는 것을 특별하게 느끼게 된다. 물론 이런 해석
에 대한 판단은 독자의 몫으로 남겨둘 수밖에 없다.

　　다만 분명히 말할 수 있는 것은 호손이 자연의 법칙에
어긋난 행위를 그다지 달가워하지 않았을 것이라는 점이
다. 동성끼리 한 침대를 사용하는 셰이커교도의 생활상을
돌아보며 호손은 분명히 역겨운 일이라고 기록했다. 반면
같은 자리에 있었던 멜빌이 어떤 반응을 보였는지는 호손
의 일기 속에서 발견되지 않는다.

　　옮긴이가 정작 책의 내용은 언급하지 않고 책의 배경만

나열해놓은 것은 어쩌면 초점을 벗어난 일이지 모르겠다. 사실 부자 사이의 애틋한 정은 이미 폴 오스터의 해설에 상세히 서술되어 있다. 그래서 차라리 뒷이야기를 풀어놓는 것이 독자에게 이득일 것 같다는 생각이 들었다. 역자 역시도 아이를 키우는 아비 입장이어서 더 애정이 가는 책이었다. 사실 이 책을 옮기는 동안, 미국의 한적한 농가에서 다섯 살짜리 악동을 돌본다고 애를 먹었을 사십 대 중반의 아빠를 떠올리며 여진아, 여원아 하고 내 아이들의 이름을 몇 번이고 마음속에서 불러보았다. 그리고 굳이 고백한다면, (너새니얼 호손처럼) 아이들이 모두 잠든 밤에 몰래 담배 연기를 아파트 베란다 밖으로 뿜어댄 적이 있다고 해야겠다.

각설하고, 너새니얼 호손의 현재 이야기를 마지막으로 옮긴이의 말을 마무리하고자 한다. 1851년 이 일기가 쓰인 지 십삼 년이 지난 후 너새니얼 호손은 미국 뉴햄프셔에서 생애를 마쳤고, 호손이 사망한 후 소피아는 우나, 줄리언, 로즈를 데리고 영국으로 이주했다. 그리고 영국으로 거처를 옮긴 지 육 년 만에 소피아도 생을 마쳤다. 안타깝게도 너새니얼 호손은 미국에, 소피아와 우나는 영국에 따로 묻혀 백삼십여 년을 보냈다. 다행히 지난 2006년 소피아와 우나는 이장되어 예순 명의 후손이 보는 앞에서 매사추세츠 주의 콩코드에 잠들어 있는 너새니얼 호손의 품으로 영원히 돌아왔다. 줄리언은 하버드 대학교에 입학했지만 졸업하지는 않고 아버지 호손과 친분이 있던 제임스 러셀 로웰에게 개인 교습을 받았다. 토목 기사로 일하며 외국에서 생활하다가 미국으로 돌아와 글을 쓰며 아버지가 미완으로 남긴 작품을 정리해서 발표하고 『너새니얼 호손과 그의 아내』라는 책을 내기도 했다. 그밖에도 여러 편의 시와 장편소설, 단편소설 등을 발표했다. 사기 사건에 연루되어 잠시 복역하기도 했으나 스스로는 평생 무죄를 주장했다. 줄리언은 미국 샌프란시스코에서 여든여덟의 나이로 생을 마감했다.

2014년 3월

장현동